こんなにも美しい世界で、
また君に出会えたということ。

小鳥居ほたる

STARTS
スターツ出版株式会社

プロローグ

『とりかえしのつかないことをしてしまいました。本当に、ごめんなさい』

小さな紙に書かれたその文面を見て、僕は必死に彼女の姿を捜した。そうして、もうこの家の中にいないと気付いた僕は、姉である亜咲美（あさみ）の車に乗って駅へと向かう。そこで彼女の名前を叫びながら、必死に捜し続けた。

こんな結末で、終わっていいはずがない。僕は彼女のことを、本当は何も知らなかったのだから。どうして彼女が会いに来てくれたのか、どうして僕にあんな態度を取っていたのか。聞きたいことは山ほどあった。けれど無慈悲にも電車は発車して、彼女の姿はホームのどこにもない。

その夏、僕を変えてくれた東雲（しののめ）詩乃（しの）は、僕の目の前から姿を消した。

目次

こんなにも美しい世界で、また君に出会えたということ。

前編

自室のカーテンを閉め照明を落としたこの部屋は、昼間だというのにまるで深夜のように薄暗い。そんな部屋の隅っこで、僕はゲームのコントローラーを握りしめながら、唯一の光源であるモニターを見つめていた。指で入力した通りに操作される画面上のキャラクターは大剣を大きく振りかぶり、火を吹きながら空を飛ぶドラゴンに重い一撃を喰らわせる。その拍子に、尻尾の千切れた獲物は地面へと落下した。すかさず僕はドラゴンに近付いて、再び渾身の一撃を喰らわせる。そうして奇声を上げたモンスターは、地面へと倒れ伏し絶命した。

何度も繰り返されてきたその行為に、今はもう特別な感情は抱かない。倒れたモンスターに哀れみの気持ちを向けることなく、僕はそいつへの関心を捨て、また別のモンスターを狩りに行く。それを続けることで、ゲーム内のレベルが上がることはあっても、僕自身の経験値は一つも加算されない。無意味なことだと分かっていても、この無為な時間を潰したくて、ただモニターの前へ座り続ける。こんなことをしていても、何も変わることなんてないというのに。

高校が夏休みに入って一週間。今のところ、一度も自宅から出ていない。学校へ行けと母親から催促されることもないため、僕は束の間の平穏を享受している。

そのはずだったのに、姉である亜咲美が、鍵の付いていない僕の部屋のドアをノックもせず、乱暴に開けて押し入ってきた。そして手にしていた小さな紙を、僕に突きつけてくる。

「母さんがこれ買ってきてって」

それから一つため息をついた後、僕の部屋の周りを見渡して言った。

「夏休みの補習行ってないこと、私知ってるよ。少しは外に出なさい」

呆れたように亜咲美は言うが、それが気遣いであるということは、さすがの僕にも理解できていた。母親に、補習をさぼっていることを黙ってくれている。でもきっと曲がったことの嫌いな姉は、このお願いを突っぱねれば、慈悲もなく母親に報告するのだろう。

渋々ながらも、亜咲美からその紙を受け取る。見ると、その紙には夕飯の食材が書かれていた。それから僕は、久しぶりに家の外へと出た。

夏の日差しがアスファルトに照り付け、真っ白いTシャツが素肌に張り付く。額から汗が滴り続け、僕は早速外へ出たことを後悔し始めた。数日の間、外気を浴びずに空調の効いた部屋の中にいたため、今日の暑さはそう長い間は耐えられることができないだろう。

だから少し足早になってスーパーへの道を急いでいると、しゃがみ込んで子猫と戯れ、歩道を塞いでいる麦わら帽子をかぶった女の子を見つけた。真っ白いロングのワンピースとは対照的な、黒くて長い綺麗な髪。その女の子が同じ高校の生徒だったら嫌だなと思ったが、隣に無造作に置かれた大きなキャリーケースを見て、彼女は旅行客なのかもしれないと想像した。もしくは今から旅行へ向かうところなのかもしれないが、正直そんなことはどうでもいい。僕はやや俯いて、彼女の後ろを素通りする。

「あ、待って！」

突然僕の耳を通り抜ける、澄んだ声。反射的に振り向くと、子猫が車道へ走り出すところだった。それに釣られて、追いかけようとする彼女。しかし歩道のすぐ側を車が走っていることに気付いた僕は、「危ない！」と言って、慌てて車道へ飛び出そうとする彼女の手を掴んだ。

「へ？」

彼女の間抜けな声と共に、僕らのすぐ横を大きなトラックが通過する。車道へ飛び出した子猫は、運よくトラックに轢かれることなく、向こう側の歩道へ走り抜けたようだった。

それから僕は恥ずかしくなって、つい反射的に握ってしまった彼女の手を離す。手のひらには、未だ彼女の温かな感触が残っていた。

「あ、あの、ごめん……」

久しぶりに家族以外の人間と話した僕は、続く言葉が見つからずに、それだけ言ってきびすを返し、彼女の前から立ち去ろうとする。だけどそれを拒むように、僕の手を彼女が掴んでくる。

「あの、待ってください！　私のこと、助けてくださったんですよね？」

振り返ると、彼女と目が合った。汚(けが)れたものを知らないような、純粋な瞳。あどけなさの残る愛くるしいその顔は、何も混じりけのない綺麗な肌色をしていた。僕は直視することができず、思わず視線をそらす。

すると彼女は僕の手を握ったままこちらへと距離を詰めてきて、少し声を震わせながら言った。

「あなたが助けてくれなかったら、私たぶん死んでました……私のことを見ていてくれて、ありがとうございます」

「いや、ただの偶然だから……」

ようやく言葉を絞り出して立ち去ろうとするも、彼女はなかなか手を離してくれない。握られたそこからだんだんと力が抜けていくのを感じる僕は、自ら振り払うことができなかった。

「あの、よければお名前を教えてくれませんか？　何かお礼をさせてください」

「見返りを求めてなんてないから、本当に気にしなくていいよ。それにあの、僕急いでるから……」

「いえ、そういうわけにはいきませんので」

さりげなく手を引き抜こうとすると、それがバレたのか彼女は僕の手をしっかりと握り直してくる。第一印象は綺麗で可愛い女の子だと思ったが、少々めんどくさい人に捕まってしまったと憂鬱な気分に陥る。

だけどその握る手がかすかに震えていることに気付いて、僕はわずかに冷静さを取り戻した。自分の意思ではない、まるで気持ちと体が反しているような彼女のその行動に疑問を覚える。

「私、東雲詩乃っていいます。よければ、名前を教えてくれませんか？」

〝東雲詩乃〟という名前を聞いて、僕はただ純粋に不思議な名前だなという感想を抱く。きっと、語呂がいいからなのだろう。不思議で、だけど綺麗な名前だった。

僕はそれから仕方なく、名前だけならと彼女に伝えた。

「麻倉朝陽」

「えっ、あさくらあさひ？」

僕が名前を告げると、彼女は綺麗な瞳を大きく丸めた。まるで旧知の友人に再会したかのような反応だが、しかし僕には彼女の心当たりがなかった。高校ですれ違っていたとすれば、彼女の容姿を忘れることなんてないだろうし、おそらく今までの人生の中で話をしたこともない。そもそも東雲詩乃という名前に、聞き覚えなんてなかった。

けれど彼女は僕のことを「朝陽くん」と名前で呼び、心から安堵しているかのような柔らかな笑みを浮かべた。

「よかった。こんなにすぐに会えるなんて、想像してなかった」

「……何のこと？」

「覚えてなくても仕方ないよね。ずっとずっと前の出来事だもん」

それから彼女は自ら握っていた手を離し、僕へ姿勢を正して、こちらに向き直ってから言った。

「朝陽くんにお礼がしたくて、ここまで会いに来たの」

「……お礼？」

「うん。私の世界を変えてくれた、そのお礼」

彼女の言っていることの意味がかけらも理解できなかった僕は、怪訝な表情を浮かべながら首をかしげる。もしかすると、新手の詐欺か何かだろうか。そんな疑いを持ち始めた時、東雲詩乃と名乗る彼女はスマホを取り出して画面をいじり出した。いよいよ彼女の行動の意味が分からなくなった僕は、「何をしてるの？」と率直な疑問を投げかける。僕は、どうすればいいのだろう。

それから彼女は、独り言のように言った。

「……うん。ここはやっぱり……」

何かを呟いたその言葉は、正確に聞き取ることができなかった。そしてなぜか一人で納得をした彼女は、スマホをカバンの中へと片付けて、僕から一歩距離を取った。

「明日もこの時間、この場所で会ってほしいの」

「……は？」

「突然何言ってるんだろうって思うかもしれないけど、お願い」

そう言って彼女は、深々と頭を下げてきた。若干委縮してしまったものの、こんな得体の知れない女の子とこれ以上関わり合いになりたくはないし、それよりより二日も続けて家の外に出るなんてことはしたくはなかった。

「ごめん。そんな約束できない」

少しだけ心が痛んだが、僕は頭を下げる彼女を突っぱねる。早く買い出しを済ませて、部屋に戻りゲームを再開する。そんな目標を掲げて、僕は再び歩き出す。

「あ、ちょっと待ってよ！」

ガラガラと、とても重そうなキャリーケースを引きずりながら、不審な女は僕の後を追いかけてくる。いい加減警察にでも通報しようかと思ったが、心の奥に残った良心が頭の隅をかすめて実行することはできなかった。

空調の効いた涼しい店内で、亜咲美から渡されたメモを確認する。そこにはカレーの材料が書かれていた。もし、聞いたこともないような食材や調味料が入っていたら嫌だなと思っていたが、これなら無事に目的を完遂（かんすい）できそうだった。

僕は書かれたメモの通り人参を手に取り、かごの中へと放り入れる。すると隣から、いらない横やりが飛んできた。

「人参って赤みが濃いモノを選んだ方がいいってテレビで見たことあるよ。ほら、これとか」

あれから律義（りちぎ）に僕の後をついて来ていた東雲は、かごの中に入れた人参を取り出して、自分が手に取った人参と比較を始める。

「正直そこまで味なんて変わらないだろ」

「えぇ、そうかなぁ。でもやっぱり朝陽くんが決めたなら、こっちでいいかな」

そう言って、東雲は僕が最初に取った人参をかごの中へと戻した。食い下がってくるのかと思ったが、案外とすぐに折れて僕は少し拍子抜けする。それから東雲は僕が手に持っているメモ用紙をのぞき込んできて、「ジャガイモはあっちのコーナーみたいだよ」と言って先導し始めた。黙ってついて行くと、彼女はおそらくテレビで見たのであろう知識を思い出しながら、たくさん積まれているジャガイモの中から一つを手に取った。

「それはどういう基準で選んでるの？」

なんとなく気になった僕は、質問を投げかける。しかし東雲は頰を膨らませてそっぽを向いたまま「味なんて変わらないみたいだから、どれも同じなんじゃない？」と、先ほどの僕の言葉を借りて言い返してきた。めんどくさいなこの人、と小さな苛立ちを覚えたが、最初に適当な返しをしたのはこちらだから、東雲も少なからず同じ気持ちを抱いたのかもしれない。だから僕は、理不尽な気持ちを心の奥底に飲み込んだ。

「ごめん、悪かったよ」

「あれ、案外素直なんだね」

「喧嘩がしたいわけじゃないから」

それに、僕が忘れているだけで、東雲詩乃という女の子とは本当に昔に出会っているのかもしれない。確証なんてものはないし、正直からかっているだけという可能性も捨てきれないが、例えば以前僕が彼女に何らかの形でお世話になっていたのだとしたら……そんなことをいちいち考えても仕方ないが、真実が分かるまで無意味に邪険に扱う必要もないような気がしてきたのだ。

「ジャガイモはね、ふっくらしてて丸みがあるのがいいんだって。あと傷がないかも見てあげた方がいいかも」

「へえ、それもテレビで知ったこと？」

「うん。それぐらいしかやることなかったから」

テレビで見たことなんて割とすぐに忘れてしまうのに、いちいちそんな細かいことを覚えているのかと素直に感心した。それからもメモを見て、東雲に手伝ってもらいながら食材をそろえていると、ある場所で立ち止まって思い出したように言った。

「あとね、カレーの隠し味には梅干しが最適なんだって」

「え、そうなの？」

「そうそう。酸味が効いて、カレーのルー本来の味が引き立つんだって」

またテレビで見たのであろう知識を披露（ひろう）されて、今度は素直に感心した。しかしパック詰めされた梅干しを手に取りかごへ入れようとすると、東雲はしたり顔で笑みを浮かべた。

「まあ嘘なんだけどね。カレーに梅干しなんて合うわけないじゃん」

その発言にムッとした僕を見て、「ごめんごめん！　本当はヨーグルトを入れた方がいいんだって！」と訂正した。

わざわざ隠し味なんて入れる必要はないと思ったが、ほんの少しの興味が芽生えた僕は、東雲の言葉を信じてヨーグルトをかごの中へ入れた。

「そういえば、ヨーグルトにはバナナが合うんだって。あっちにバナナあったよ」

「朝食に食べるわけじゃないんだからさ……」

「でも健康的だから、毎朝ヨーグルトでもいいかもね」

基本朝食を食べない僕には、あまり関係のない話だった。バナナだって、よっぽどのことがなければ食べることはない。

そんな風に東雲にからかわれながら、メモに書かれた食材を全て集め終わり、レジを通してから買い物袋へ詰め込んだ。そうしてスーパーを出た時にはもう日が沈み始めていて、ようやく僕は時間の経過を実感した。

東雲はどこまでついて来るのだろうと思ったが、スーパーを出た途端に立ち止まって、小さく手を振った。

「それじゃあ、私はここで」

今までストーカーみたいに後をついて来たのに、別れ際はずいぶんとあっさりしていて、僕は少し拍子抜けした。

「家までついて来るのかと思った」

「もし彼女だって思われたら、お母さんや亜咲美さんが驚くでしょ？　そうしたら、朝陽くんに迷惑がかかるから」

東雲の口から突然飛び出した〝亜咲美〟という名前に、軽い警戒を覚える。僕は一度も、彼女に姉妹がいる話をした記憶がない。それに亜咲美という名前だって、一度も口に出した覚えがない。

「……どうして僕の姉の名前を知ってるの？」

　そんな至極当然の疑問を投げかけると、彼女は人差し指を唇に添えて、申し訳なさそうに口を開いた。

「ごめん。まだ詳しいことは言えないの」

「……まだ？」

　そう訊ね返すと、東雲は小さく頷いた。まだということは、いずれ話してくれる時が来るのだろうか。それとも、僕が忘れたかもしれない記憶を思い出す方が先なのか。

「とりあえず、明日は約束の場所に来てね。時間は……お昼の十二時がいいかな。その時は、一緒にご飯食べに行こうって誘ってね」

「まだ行くって決めてない」

「来てくれないと、私明日泣くかも」

「君は冗談がうまいね」

　そんな風に軽く受け流して、東雲はいたずらがばれた子供のように笑って、僕はそれが彼女の本心なんだと勝手に思い込んでしまった。他人の考えていることなんて、結局はただの一つも理解することなんてできないというのに。

　だからどこかで勘違いをした僕は、それから東雲と別れた後、家に帰って買ってきた食材を亜咲美に渡した後も、彼女の言葉を真に受けていなかった。「なんでヨーグルト買ってきたの？」と聞かれ、僕は「隠し味にすると美味しくなるんだって」と、彼女から教えてもらった知識を口にする。

「へぇ、そうなんだ」

感心した亜咲美を見て、僕は東雲が言っていた冗談をふいに思い出し、特に意味もなく先ほどの会話を繰り返した。

「梅干しも合うらしいよ。酸味が効いて、カレーの本来の味が引き立つんだって」

そうやって油断したところで種明かしをして、僕は亜咲美のことをからかってやるつもりだったのかもしれない。けれど亜咲美は、僕の冗談に笑みを浮かべた。

「それはないない。朝陽、冗談うまくなったね。今から夕飯作るから、シャワー浴びてきなよ」

あぁ、恥ずかしいことを言ってしまったなと、少し顔が熱くなる。もし今の亜咲美のように、東雲の冗談を軽く受け流せたとしたら、一矢を報いることができたのだろうか。

夕飯時。両親と姉と僕が集まるリビング。いつものように流れるテレビの音が、僕の耳をかすめる。明日は大型の低気圧が一時的に接近するため、外出はなるべく控えるようにと、テレビのアナウンサーが説明をしてくれる。

雨風が強いなら、きっと東雲も待ってはいないだろう。そんな身勝手な想像を、僕は今も疑いもせずにしてしまっていた。

翌日。予報通りに早朝から風が強くなり、午前十一時を過ぎたあたりから雨が混じり始めた。家を揺らすほどの暴風雨の中、僕はゲームのコントローラーを握りしめながら、昨日の出来事をぼんやりと思い返す。けれど約束の時間を過ぎても、僕は部屋から出なかったし、睡魔(すいま)が襲ってきたため一度仮眠を取った。そうして再び起きた頃には、時計の針が三時を少し過ぎていた。外を見ると、風が少し弱まっている。

このまま数日、家から出ずに引きこもっていれば、きっともう二度と東雲と会うこともないだろう。それを思えば、憂鬱(ゆううつ)だった心が晴れてくれるかと思ったが、しかし僕の心のモヤモヤが取れることはなかった。どこか胸の奥で、彼女を離してはいけないという理解不能な感情が渦(うず)巻いていることに気付いたのは、少し前のことだ。

まるで僕のことを知っているかのように話す彼女のことを、しかし僕は何も知らない。だから彼女の正体を知りたいという気持ちが少しあるが、彼女に関わって今の現状を変えてしまうことに、大きな躊躇(ためら)いを覚える。

今まで逃げ続けてきた人生だから。そんな人生だったから、東雲の言った言葉なんて無視して、今日は引きこもっていればいいのに。僕の頭の中に思い浮かぶのは昨日彼女の言った「来てくれないと、私明日泣くかも」という言葉だった。冗談を言って飄々（ひょうひょう）としている彼女が泣くなんてことはないだろうが、それでも傷付いているかもしれない。そもそもあんな大雨の中じゃ、待ち合わせ場所に行かないだろうけれど。

そうやって、また言い訳を探している僕が、どこか醜（みにく）く思えた。いつから僕は、誰かが傷付く選択肢を、平気で選べるようになってしまったのだろう。そんなどうしようもない自分を恥じ、このままこうしていてもらちが明かないと開き直った僕は、立ち上がって出かける服へ着替えた。どうして彼女が僕のことを知っているのか。その理由を聞きたかったから。

それでもきっと、東雲は約束の場所へは来ていないだろうけれど。そんな言い訳じみた心のモヤモヤを解消したくて、僕は玄関のドアを開けて外へ出た。

嵐の峠（とうげ）は越えたのだろう。未だ風は吹いているが、先ほどのような大ぶりの雨は降っておらず、今は小雨（こさめ）がパラついているだけだった。僕は風で飛ばされてきた小枝を避けるようにして、昨日東雲と会った場所へと向かう。この風じゃ傘を差しても意味はないと思ったから、わざわざ持っては来なかった。幸いにも、歩いていると雲の切れ間から太陽の光が差し込み始めて、次第に小雨も止んできた。それに安堵しつつ、ようやく僕は昨日彼女と出会った場所の近くへとやって来る。

僕が最後の曲がり角を曲がると、まず最初に目に飛び込んできたのは、彼女が一生懸命に引いていたキャリーケースだった。それが歩道の真ん中に無造作に置かれている。そのすぐ側で、電柱に寄り掛かるように、ずぶ濡れの女の子が座っていた。隣には、強風で折れてしまったのであろう、最早（もはや）用途の為（な）さないビニール傘が無造作に横たわっている。

その女の子が東雲詩乃であるということは、さすがに遠目からでも理解できた。

彼女はあの大雨の中でも、ここで僕のことをずっと待っていた。彼女の言葉を平気で破ってしまった僕は、今すぐここから逃げ出してしまいたかった。けれど最後の罪悪感が僕の足にまとわりついて、この場所から逃げ出すことはできない。離れてしまえば、全て僕の中でなかったことにできるのに。それだけはしてはいけないと、湧き上がってきた感情が僕のことを引き留める。

時間が止まってくれればいいのに。そんな願いもむなしく、遂（つい）に東雲は遅れてやって来た僕に気が付いた。昨日はかけていなかった眼鏡の、レンズの奥にある綺麗な瞳が涙で揺れる。頬から伝い落ちた雨に混じって、白いずぶ濡れのワンピースにシミを作る。

それを見て、僕の足はようやく動き出した。地面に座り込んでいる東雲の元へと歩いていき、着てきたパーカーを気休め程度だけれど肩に掛けてあげる。頬を叩かれるかと思っていた。いっそのこと、罵って、僕に失望してほしかったのかもしれない。けれど彼女は僕を叩いたり罵ったりせずに、ただ一言「ごめんなさい……」と呟いた。謝るべきなのは、僕の方なのに。彼女はまるで自分が全て悪いとでも言うような、後悔の表情を浮かべていた。

「ごめん、東雲……」

僕が謝ると、東雲は大きく首を振る。その意味が分からなくて困惑する。けれど彼女が小さなくしゃみをしたため、すぐに冷静になった。このままでは、風邪を引かせてしまう。立ち止まっている暇も、迷い続けることも、もう僕はしなかった。立ち上がって、東雲が引きずっていたキャリーケースを持つ。

「ついて来て。風邪、引いちゃうから」

一瞬だけ東雲は躊躇う表情を見せたが、もう一度小さなくしゃみをした後に、素直に頷いてくれた。僕は彼女を連れて、自宅へと歩き出した。

自宅へ向かって歩いている間に、再び雨が降ることはなかった。天候は次第に回復の兆しを見せ始めるが、東雲の沈んだ表情に晴れ間が差すことはない。ずっと落ち込んだ表情をしていて、僕もなんと声を掛けたらいいのか分からなかった。

そうして何も会話を交わすことなく、僕の家へと戻って来る。共働きの両親は、まだ家へ帰ってくる時間帯ではない。先ほど玄関を出る時、僕以外の靴は置いていなかった。亜咲美もおそらく、車に乗ってどこかへ出かけているだろう。そう思っていたから、今なら家へ連れて来ても大丈夫だと踏んでいた。けれど僕の予想に反し、玄関のドアを開けると、そこには偶然にも姉がいた。僕と、やや後ろにいる東雲とを、少し驚いたような表情をして交互に見る。その予想外の出来事に言葉が喉(のど)の奥に引っ込んだが、すぐにまた東雲の小さなくしゃみを聞いて我に返る。

「ごめん、亜咲美。昨日知り合った子で、東雲詩乃さんって言うんだけど。雨に打たれちゃったからシャワーを貸してあげたいんだ」

「しののめ？」

その名前を繰り返すと、こちらへ早足になりながら距離を詰めてくる。そして突然の来訪者の顔を、間近でとてもわざとらしくのぞき込んだ。びっくりした東雲は、半歩後ろへと後ずさる。

「からかってあげないでよ」

「あなた、詩乃ちゃんっていうの？」

「あ、はい……」

「へぇ」

意味ありげな小さな声を漏らすが、亜咲美はすぐに東雲の手を掴んで言った。

「とりあえず、お風呂場まで案内するね。朝陽はのぞきに来ないこと」

「のぞくわけないだろ」

「替えの洋服は私が高校の頃使ってたジャージあるから、それ貸してあげる」

僕の言葉をスルーして、家の奥へと東雲を連れて行く。僕は一つため息をつき、姉が昔使っていたジャージを用意して、ふたりがいる脱衣場の前へと置いた。別に盗み聞きしていたわけではないが、中の会話が僕の耳へと届く。

「眼鏡かけてるけど、目悪いの？ 外したらほとんど見えない？」

「あ、いえ……支障がない程度には見えます……」

「それじゃあお風呂入る時は外しなよ。フレーム錆びちゃうし、レンズも熱に弱いから」

「え、そうなんですか？」

「うんうん。だから気を付けてね」

眼鏡をかけていない姉が、どうしてそんなことを知っているのか。博識ではあるが、それだけが理由ではない。亜咲美は確か中学生の頃から、将来の夢は医者になることだと文集や作文に書いていた。どんな体験をしてそんな夢を持ったのか僕は知らないが、姉はずっと医者になりたいと口に出して育ち、そして今は県外の医科大に通っている。順風満帆な人生を送っている姉に反して、弟である僕は何も成しえていないし、学校を時々サボっているから周りの人間よりも劣っている。いつもいつも、劣等感を抱かずにはいられなかった。

勝手に気分が落ち込んで沈んでしまった僕は、大きなキャリーケースを持って足音を立てないようにリビングへと戻る。しばらくいすに掛けて待っていると、亜咲美があくびをしながらやって来る。待ち構えていた僕は、すぐに質問を投げた。

「東雲さん、亜咲美と僕のことを知ってたんだけど」

「そうなんだ」

特別驚いた表情を見せることなく、亜咲美はいつも通りに返事をする。

「亜咲美は、東雲さんのこと知ってるの？」

もし東雲詩乃という女の子のことを知っているのならば、何かの手がかりになるかもしれない。けれどそんな淡い期待は、あっさりと消えてしまった。

「あの子のことは知らないなぁ。見たこともないよ。朝陽は知らないの？」

「僕も、知らない……」

「もしかして、私たち記憶喪失？」

「そんなわけないだろ。ふたりそろって記憶喪失なんて」

「でも、あの子は私たちのことを知っていて、私たちはあの子のことを知らないんでしょ？」

そんな不可思議なことが起こるはずないと思ったが、説明しようのない事実に直面している今、受け入れなければいけないのかもしれない。

「……僕と亜咲美が、ただ忘れているだけかもしれない」

「それはない。私は自分の記憶力に自信があるから。それにあんなに可愛い子なら、忘れるわけないよ」

それは僕も同じく感じたことだった。特別美人というわけでもないが、東雲詩乃は誰からも好かれそうな雰囲気を漂わせている。何より口に出すのは恥ずかしくて憚（はばか）られるが、僕の好みのタイプの女の子だった。そしてこれは十数年にわたる姉弟の会話で理解したことだが、僕と亜咲美の好みのタイプはとても似通っている。姉が可愛いと言った芸能人は僕も可愛いと思うし、普通だと思えば僕も普通だと思う。今回も、例に漏れなかった。

「ところでその大きな荷物なんだけど、詩乃ちゃんって旅行に来たの？　一人で？」

亜咲美は僕が先ほど運んだキャリーケースを指さす。

「旅行っていうより、僕を捜しに来たって言ってた……」

「もしかして、過去に恨まれるようなことをした？」

「そんな覚えはない、と思う……」

そろそろ自分の記憶に自信がなくなってきて、曖昧（あいまい）に言葉を濁（にご）した。ハッキリしない僕を見て、亜咲美は苛立ちを募らせるかと思ったが、特に態度を変化させることをせずに立ち上がって、部屋の隅に置いたキャリーケースに近寄る。それから何をするのかと観察していると、迷いなく彼女の手が東雲のキャリーケースに伸びていって、ガチャガチャと適当に番号を合わせようとし始めた。それを見た僕は慌てて駆け寄り、その手を掴んだ。

「いや、ダメだろ！　人のカバンの中をのぞくなんて」

「でもこうしなきゃ、彼女の正体が分からないよ？」

「それでも、ダメだ！」

僕が断固として拒否をすると亜咲美は諦めたのか、それとも最初からそれほど興味がなかったのか、カバンを開けるのをやめた。そしてすぐに、僕はあることに気付く。

「これ、南京錠(なんきんじょう)で二重に鍵がかかってる……」

その南京錠は、四桁の番号を入力しなければ開かないようになっていた。これじゃあたとえ好奇心があっても、中をのぞくなんて不可能だ。こっそり姉が中を調べられないことに、僕は少し安堵する。

「……そんなに見られたらまずいものが入ってるのかな？」

「疑い過ぎだろ。普通にまずいものが入ってなくたって、何かの拍子に取られたくないから鍵もかけるって」

「ふぅん」

それから僕らはいすに座って、東雲がシャワーを浴び終わるのを待った。不毛な会話をしていると、ほどなくして彼女はリビングのドアからひょっこり顔を出して姿を現す。昨日、初めて見た彼女は裸眼だったから、今赤いふちの眼鏡を掛けている姿に、僕は違和感を覚えた。

「とりあえず、座りなよ」

そう勧めると、少し躊躇うそぶりを見せた後、こちらへそろそろと歩いてきて、そこでまたどこに座るのか迷ったのだろう。僕らのことを交互に見た後、自分で僕の隣に座ることを選んだ。

「お父さんとお母さんに説明する言い訳だけど、」

開口一番亜咲美はよく分からない前置きをして、よく分からない話を始めた。

「ここにいたいなら、私の昔の友達だって言えば、納得してくれるよ。家事の手伝いをしてくれたら、しばらく家に泊めてくれると思う。私、信用されてるし」

「でも、あの、だからそれは申し訳ないです……」

「ちょっと待ってよ」

ふたりの間で進んでいる会話の内容が、僕はあまりよく理解できなかった。どうして、東雲が家に泊まるようなことになっているのか。その理由を、亜咲美は説明してくれた。

「さっき聞いたけど、詩乃ちゃん昨日ネットカフェに寝泊まりしてたんだって。ダメでしょ、年頃の女の子がそんな所に一人で泊まり続けちゃ」

「私は別に、大丈夫ですから……。ネットカフェもたくさん本があって楽しいですし」

「大丈夫じゃないって言ってんの」

姉の棘のある言い方に、東雲が委縮したのが分かった。弟である僕でさえ、落ち着いていた肩が張り詰めたのだから無理はない。

「もしあなたに何かあったら、あなたのご両親が心配するでしょ。満足に眠れない場所で過ごして、寝不足のままそこら辺を徘徊して、車に轢かれたりでもして死んだらどうすんの。次の日にニュースになったら、私たちも当然悲しむし。故意じゃなくても事故を起こした人には責任が降りかかるし、そういうことを考えたうえでの、大丈夫なの？」

そこまで最悪の状況を考えなくてもいいと思ったが、こじつけとも言える話に、東雲は顔を青ざめさせてしまった。瞳からは涙が溢れてきそうで、僕はなんだか罪悪感を抱いてしまう。けれどこれは、一方的になじっているわけではなくて、亜咲美なりの優しさなのだろう。

「あの、ごめんなさい……私が間違ってました……」

「東雲、そんなに重く考える必要ないからね。亜咲美も、そんな怖がらせないでよ」

机の隅にあるティッシュ箱を東雲に渡すと、一枚取って鼻をかんだ。怒ったら間髪いれずに説教をしてくるのは亜咲美の悪い癖だと思う。

「とりあえず、しばらく泊まりなさい。朝陽のことを一目見るために、そんな大きなキャリーケースを引きずってここまで来たわけじゃないんでしょ？」

その質問に、東雲は何も答えなかった。口をつぐんで、けれどうっすらと首を縦に振ったように、僕の目には映った。

「あの、何も話せなくてすみません……朝陽くんも、ごめん……」

「僕は別に……」

気になるのは確かだけど、今は亜咲美に怒られて意気消沈している彼女のことが純粋に心配だった。もしトラウマを覚えたりしたら、この姉と共同生活をするだけで息が詰まるんじゃないだろうか。

「朝陽はよくても、私はダメだからね。ここに泊まることの条件として、いつか私たちに本当のことを話すこと。いい？」

「分かりました……」

「ならよろしい」

亜咲美が納得した後、しばらくすると母さんが帰って来て、リビングにいる東雲を見て驚いていた。

「どうしたの？　その子」

「私の友達。ほら、昔家族で旅行に行ったことあるでしょ？　その時知り合ったの。住んでる場所だけ教えてたんだけど、覚えてくれてて会いに来てくれたんだよ。びっくりだよね」

先ほど口裏を合わせた通り、亜咲美が昔の友達だと説明すると、母さんは何も疑うことなく納得して、しばらく家に泊まることを快諾した。

正直こんなにもあっさりと事が進んでいるこの現状に、僕はまだ追いつけていなかった。東雲は僕らのことを知っているようだけど、僕らは彼女のことを何も知らない。そんな子を家に泊めるなんて、不用心にもほどがある。そう思って亜咲美とふたりになったタイミングで相談したけれど、特に考えるそぶりもなくあっさりと「大丈夫でしょ。物を盗ったり、犯罪を犯す度胸はなさそうだし」と言った。

それから父さんも帰ってきて、母さんが事情を説明すると、こちらも何も疑わずに快諾してしまった。それほどうちの姉は信用されているのだろう。

そんなこんなで始まった夕食の時間は、いつもより賑わいを見せていた。カレーをスプーンですくいながら、母さんはニコニコと笑みを浮かべている。

「詩乃ちゃんは、地元に恋人とかいるの？」

年頃の女の子にする定番の質問に、東雲は頬を赤くして答えた。

「えっと、いないです」

「えー嘘〜とっても愛くるしいのに。うちの亜咲美とは大違い」

「はぁ？　私、彼氏いるんだけど」

「だって今、彼氏さん県外の大学行って遠距離なんでしょ？　耐えられなくなってそのうち別れるわよ」

「別れないから！　来週だって、こっちに帰ってくるから遊びに行くんだし」

「はいはい」

珍しく取り乱している亜咲美のことを、母さんは軽くあしらう。一家だんらんの風景が微笑ましかったのか、東雲は口元を押さえて笑みをこぼすが、僕は曖昧な苦笑いを浮かべることしかできなかった。なぜなら、もうそろそろお決まりの質問が飛んでくることを、僕は理解していたから。

「ところで朝陽、」

そんな母さんの前置きに、僕の背筋は自然と伸びる。気付けば心の奥にある罪悪感を、どこか彼方へ押し込めようとしていた。

「今日の学校の補習、どうだった？　ちゃんとできた？」

「あ、うん……」

「そ、ならよかった。あと半年なんだから、後期は頑張りなさいよ」

励ますように母さんは応援してくれるが、反対に父さんの表情は何か言いたげに歪んでいた。この場に東雲がいるから抑えているのかもしれない。僕はまた、苦笑いを浮かべた。突然漂った不穏な空気に気付かないほど、東雲は鈍感な女の子ではないのだろう。ちらと隣を見ると、カレーを口に運びながら首をかしげていた。僕はそれを、見なかったフリをしてやり過ごす。

そうしてすぐに、不意におちた沈黙を破るように東雲は大きなあくびをした。話を変えるいいタイミングだと思い、僕は無理やりそれに乗っかる。

「もしかして、眠いの？」

「あ、うん……いつも、今ぐらいの時間に寝てたから……」

「今ぐらいの時間って、まだ九時だけど……」

どれだけ健康的な生活を送っているんだろう。いつも日をまたいでから寝る僕にとっては、考えられない生活リズムだった。

「亜咲美の部屋に布団敷いておいたから、ご飯食べ終わったらいつでも寝ていいわよ」

「ありがとうございます……」

うつらうつらしながら返事をして、それからもゆっくりとカレーを食べていく東雲。食事が終わると、食器を洗うのを手伝うと申し出ていたが、母さんが断固として拒否したため、彼女はリビングのいすにちょこんと座っている。先ほど大きなあくびをしていたから、もう眠ればいいのに。そう思った僕は、「気にせずに寝ていいよ」と提案する。けれど東雲は、首を振ってポケットからピンク色のスマートフォンを取り出した。

「ちょっと、メールしなきゃいけなくて」

「メール？　お母さんに？」

「ううん。お友達に。近況報告」

東雲は楽しそうに話すから、おそらく地元の友達か何かだろう。少しだけ、何となく気になりはしたが、そんなことを聞いても仕方がないと思った僕は、視線をテレビの方へと移す。今の時間帯はバラエティ番組が流れていた。亜咲美はソファに座り、芸人たちの掛け合いに時折笑っているが、何が面白いのか理解できなかった僕は、また東雲の方へ視線を戻した。テレビよりもスマホを操る彼女のことが気になってしょうがなかった。

東雲は左手にスマホを持って、右の人差し指でぎこちなく画面を叩いている。まるで現代機器を初めて手にしたおばあちゃんのような緩慢（かんまん）な動作に、僕は思わず笑みをこぼしそうになる。

「慣れてないの？」

僕がそう訊ねると、東雲はこちらへ視線を向けて少しだけ頬を染める。そのままじゃいつまでたっても眠れないなと思った僕は、特に何も深く考えずに「代わりに打ってあげようか?」と言った。僕にとっては知らない相手だし、そもそもふたりのやりとりに全く興味関心がなかったから、少しでもお役に立てればと思った。

けれど東雲はすぐに首を振って、「恥ずかしいからいい」と断る。確かに、おそらく同じ立場だったら断っただろうなと思うから、特に何も感じずに「そっか」と返した。

「スマホってすごいよね。どんなに離れてても、直接会って会話ができなくても、お友達と話すことができるから」

「それは便利だけど、僕は直接会って話したいかも。文字だけだと、伝わらないものもあるし」

「でも、直接会って話すことができない人もいるから」

東雲の何気ない言葉に、かすかな引っ掛かりを覚える。思わず、どういうことなのか聞き返そうとしたが、彼女が僕の目の前にスマホの画面を持ってきて「朝陽くんの漢字って、これ?」と訊ねてきた。画面には【朝日】という漢字が表示されている。

「ううん、日じゃなくて太陽の陽」

「へえ、これもひって読むんだね。やっぱり漢字って難しい」

思わず「小学校で習わなかった？」と聞いてしまいそうになったが、失礼だと思ってその言葉を飲み込んだ。先ほど少しだけ見えたメールの本文は、何個か漢字を間違えていた。故意に見たわけではなかったから、僕はそれも指摘したりはしない。

「ありがとう」と言って、東雲は再び画面とにらめっこをしながら、懸命に文字を打つ。そうして十分ほど時間が経つと、東雲はまたうつらうつらと舟をこぎ始めた。それを見守っていると、ついに力尽きてしまったのか机の上に突っ伏してしまう。寝かせてあげたいのは山々だったが、ここで寝ていると母さんが小言を言うかもしれないから、僕は小さな彼女の肩を揺すった。

「東雲、亜咲美の部屋で寝なよ」

「うぅ……」という小さなうめき声を上げた東雲は顔を上げて、かけていた眼鏡を外す。寝ぼけているのか「あれ、ここどこ……」と、あたりを見回しながら言った。

「僕の家だって。忘れた？」

「……家？」

東雲は、まっすぐに僕のことを見つめてくる。そしてようやく現状を理解したのか、惚（ほう）けていたまぶたを持ち上げた。

「あー、そっか……」

呟いて、再びスマホを開いて確認を取り始める。もうお友達からメールが届いているのだろうか。舐(な)めるように、バックライトが発光している画面を見つめていた。

「友達、何て名前なの?」

「えっ?」

よほど集中していたのか、東雲は先ほどまで惚けていた目を丸めてこちらを見る。

一瞬ごまかすように視線を外してから、答えた。

「雛鶴(ひなづる)、日菜子(ひなこ)」

「綺麗な名前だね」

感じたことをそのまま伝えると、東雲はなぜか頬を赤らめ俯いて「……そう?」と呟いた。

「うん。どこまでも飛んでいけそうな、そんな響きをしてる」

「朝陽、めっちゃ詩人じゃん」

先ほどまでテレビを見ていた亜咲美が、からかうように話に入ってくる。僕は少し、顔が熱くなった。

「別にいいだろ。ほんとに思ったことなんだから」

「はいはい。詩乃ちゃん、そろそろ私も眠くなってきたし寝よっか」

「あ、はい」

東雲は立ち上がって、トコトコと亜咲美の後をついて行く。けれど部屋を出る時、立ち止まってこちらへ振り向いた。

「さっきの話、日菜子ちゃんに伝えとくね」

「恥ずかしいから伝えなくていいよ」

「ううん、伝えておく」

まるで自分のことのように嬉しそうに微笑んだ東雲に、僕はそれ以上何も言うことができなかった。最後に小さな手のひらを振り「おやすみ」と言って、亜咲美と部屋を後にする。彼女がいなくなったことによって緊張が解けたのか、肩の力がスッと抜ける。座っていた椅子に深く腰掛け直すと、台所から戻ってきた母さんが話しかけてきた。

「詩乃ちゃん、とっても可愛い子ね」

「そう？」

「朝陽も、可愛いって思ってるんでしょう？」

亜咲美と同じくからかうように口元に笑みを浮かべると、母さんはわざわざ僕の隣の席を選んで座った。

「うるさいな」

先ほどまで東雲に緊張していたことを思い出して、途端に恥ずかしさが胸の内から込み上げてきた。突然知らない女の子が家にやって来て、しばらく泊まり込むことになるなんて、普通に考えたらあり得ない話だが、現実に起こってしまっている。警戒するのが普通なのに、どうして僕は彼女のことを意識してしまっているのだろう。

　僕がそれから何も答えないでいると、母さんは突然話題を変えてきた。

「朝陽、補習行ってないんでしょう?」

「あっ……」

　喉の奥がカラカラに渇いていくのを感じて、今すぐここから逃げ出したいと思った。けれど僕の足は部屋のフローリングに絡みつかれているかのように動かすことができなくて、ただ心臓の音だけが速まっていく。

　そんなどうしようもない僕を安心させるように、母さんは優しい声音で言った。

「お父さんは気付いてないから、安心して。学校も朝陽のペースで大丈夫だから」

　大丈夫じゃない。そんなことは、僕が一番理解できている。もし僕が何もかも失敗してしまった時、母さんは何を思うのだろうか。きっと無意識に医大に通う姉と比較して、不出来な息子だと落胆してしまうのだろう。

　そしていつの日か、僕は何も期待されなくなるのだ。

「ごめん、もう寝るよ」

　逃げるようにそう言うと、母さんはただ一言だけ「おやすみなさい」と返した。

医者になるという崇高な夢を抱いていた亜咲美は、そのために血の滲むような努力を積み重ね、今の結果がある。きっとこれからも、これまで通りに努力を続けて、国家試験を突破して、医者としての道を進み始めるのだろう。対する弟の僕に夢なんていう高尚なものはなく、やりたいこともなく、高校だって何となくみんなが通っているからという理由で進学した。父さんは口癖のように「やりたいことは見つかったのか？」と問いかけてきて、そのたびに首を振っている自分がとても情けなく思えた。

高校二年生になって、周囲が進学を意識し始めてきた時、自分の進むべき道がすでに定まっている人たちを見て、強い焦りを覚えた。自分の目標とする大学へ進学するために、これまで以上に勉学に励む人。とりあえずなんとなく進学を選ぶ人もいたが、それは自分に置き換えて考えてみると、ただの時間とお金の無駄で終わってしまうのではないかと思った。

いつの日か父さんに、僕はある話を持ち掛けられた。それは父の友人が経営している会社に入社させてもらうという話。いわゆる〝コネ入社〟というものだ。僕の知らないところで、すでに話をつけてくれたらしい。業績も安定していて、正社員採用、学歴も問わない。父さんは僕にそれを伝えると「よかったな」と、とても安心したように言った。息子の将来を勝手に決めた父親に、不思議と怒りは沸いてこなかった。心の中にあるのは、どうしようもない諦めの気持ちだけだった。

自分で決めることができなければ、自分の気持ちを置き去りにされて世界は進んでいってしまうのだということを僕は学んだ。将来進むべき道が決まってしまっているのならば、どうして学校に通っているのだろう。どうして今、勉強を頑張らなければいけないのだろう。どうして勉強をやらなければいけないのだろう。そんな気持ちが心の中を渦巻いて、いつしか頑張ることができなくなっていた。

　我が家に女の子が一人増えることによって、何かが変わってしまうかもしれないと危惧していたが、しかし僕の生活が変わることはなかった。朝起きて、父さんが僕に「補習頑張るんだぞ」という言葉を残して家を出ていく。それを僕は見送って、遅れて母さんがパートに出かけて行くのをまた見送って、部屋に引きこもる。何も変わることなんてない。僕は今日も、課せられたノルマをこなすかのように、画面に映るモンスターを蹂躙していく。敵を切り刻んだ時にうめき声を上げて抵抗するが、僕は構わずに追い打ちをかける。

「ねぇ、それって面白いの?」

　どこからか、聞き慣れない声が聞こえてくる。きっと幻聴だろうと、耳を塞いでいるヘッドホンを外さずにいると、僕の肩を柔らかい何かが二、三度触れた。その感触に驚愕した僕は、馬鹿みたいに「うわぁ!?」という叫び声を上げてコントローラーを落とし、後ろを振り向く。叫び声に驚いたのか僕の肩を叩いてきた彼女も、床に尻もちをついて倒れ込んでいた。倒れた拍子にズレた眼鏡を直しながら、東雲は言う。

「わ、びっくりした……」

「いや、僕のセリフだから……ノックぐらいしてよ」

「ごめんなさい……一応ノックしたんだけど……」

そもそも僕はヘッドホンをしているから、ノックの音が聞こえるわけがなかった。

気を取り直した東雲は、床に両手をついて興味深げにゲームの画面を見つめる。

「これ、映画？」

「ううん、ゲーム」

「げーむ？」

頭上にはてなマークを浮かべた東雲は、あまりこの手の類（たぐい）のものに詳しくないのだろう。僕は落としたコントローラーを拾って、彼女に手渡した。

「これで操作するんだよ」

「へぇ」

コントローラーを受け取ると、親指でスティックをグリグリ回し始める東雲。画面の中では、絶命したモンスターのすぐ側を無意味に回り続ける勇者の姿があった。

「あはは、これすごい、朝陽くん。面白いね」

思い通りにキャラクターが動くのが新鮮だったのか、東雲は声を立てて笑っていた。ついでに武器の扱い方を教えると、取り出した武器が絶命しているモンスターの脇腹に命中する。すると彼女はとても寂しげに「痛くてかわいそう……」と呟いた。

「でもこれモンスターだからね？」

「そうなの？　このトカゲに羽が生えたような生き物、空飛んでたりしないの？」

「飛んでるわけないじゃん……」

「そうなんだ……てっきりアフリカあたりを飛んでるのかと思った……」

冗談で言っているのかと思ったが、東雲は大真面目な顔をしながら画面を見つめていて、おそらくこれは本気で勘違いしたのだろうなと理解した。

「でもいいね。こんな風に綺麗な森の中を歩けるのって。旅行してるみたい」

「全部作り物だけどね」

「でも、画面の中の生き物はちゃんと生きてるよ。ほら、あそこでお魚さんが跳ねた」

指さした先の小さな水辺で、黄金色をした小さな魚が飛び跳ねて、水面に音を立てながら落ちていく。あれは珍しい魚で、捕まえてゲーム内のショップに売り払えば、一匹一万円で売れるはずだ。僕の目はきっと、濁っているのだろう。レンズ越しの彼女のキラキラした瞳を見ていると、酷くそう思ってしまう。

「……ところで、どうしたの？　僕の部屋に来て」

ゲームの世界に見惚れていた東雲は、僕の言葉で我に返った。

「あの、亜咲美さんから聞いたんだけど、朝陽くん学校行ってないって」

「あぁ……」

彼女に余計なことを吹き込んだ姉のことを、少しばかり恨んだ。心の綺麗な彼女は、非難するような目を向けずに、ただ心配するようにこちらを見つめる。

「……学校でいじめられてるの？」

「そんなことはないけど」

「じゃあ、どうして行かないの？」

まっすぐな瞳で見つめられて、僕は嘘をついて隠し事をする気力がそがれてしまった。それに……昨日のことがある。僕は昨日、東雲との約束を破って傷つけた。もう、あんな酷いことはしたくない。

「疲れたんだよ、いろいろと。学校に通っている意味が、見出せなくなった」

だから今も薄暗い部屋の真ん中で、何の生産性もないゲームに興じている。こんなことをしていても、何も変わることなんてないのに。限られた時間を、ただ無為に消費しているだけなのに。

「卒業、できなくなるよ？」

「別にいいよ。高校卒業しても、何の意味もないから」

「意味あるよ」

「学歴とか？　そんなの別に、なくてもいい」

「違う」

ハッキリと否定した東雲は、どこか悲しげな表情を浮かべていた。少しきつく言い過ぎただろうか。何もうまくいかないことに腹が立って、無意識のうちにまた傷つけてしまったのかもしれない。何か言葉を探していると、彼女は僕を安心させるためか、無理やり笑みを浮かべて言った。

「途中で諦めたら、振り返った時に悲しい思い出で終わっちゃうから。友達との思い出も、全部悲しい思い出で終わっちゃう」

そんな綺麗事で、今さら僕の気持ちは揺るがない。高校に思い出なんて、ただの一つも存在しないのだから。友達だって一人もいない。振り返って懐かしむ思い出なんて、一つもありはしないのだ。

そうだというのに、東雲は諦めることなく、感情論で僕への説得を続けてくる。

「朝陽くん、今高校三年生なんだよね？」

「そうだけど。それがどうしたの？」

「逃げ出したいなら、今までいくらでも機会があったのに。それなのに逃げ出さなかったのは、どうしてなの？」

「それは……」

辞めたいというとても簡単な言葉が言い出せなくて、無意味に高校三年まで居続けてしまった。その結果がこれだ。進むこともできず、かといって退くこともできず、中途半端な所で立ち止まっている。きっと、決断することが怖いのだ。だからいつも、宙ぶらりんな状態でいる。

僕が僕のことを、一番よく理解できている。そのはずなのに、僕の心を見透かしたような東雲の目を、そらすことができなかった。

「頑張りたかったんじゃないのかな」

「……え？」

「自分が進みたい道を、朝陽くんは見つけたかったんだと思う」

「そんな、何もかも分かったようなこと言うなよ」

「なんとなく、分かるんだよ。昔の私が、そうだったから。何もかも悲観的に考えて、逃げ出したくて、でも逃げ出すことができなくて、無理に強がってた」

僕は昔の東雲のことなんて知らない。だからそんな話をされても、何も理解することができないというのに——。

「とても簡単で、大事な秘密を教えてあげる」

　そんな前置きをして、彼女は教えてくれた。

「考え方次第で、世界は変わるんだよ。朝陽くんは、選んでここまで頑張ってきた。惰性で続けてきたんじゃない。ちゃんと自分で選んで、今ここにいるの。だからあと少しだけ、頑張ってみよう?」

　いつかどこかで、誰かと同じような会話をした覚えがある。そこには亜咲美もいて、一緒に話をしていた。そうして名前を思い出せない女の子が、涙を流していた。それが嬉し涙なのか悲しみの涙なのか、僕には分からなかったけれど。

　彼女はそれから、少し恥ずかしそうに微笑む。

「なーんて。実は今のセリフ、私の好きな本に出てくる女の子のセリフなの」

「何それ」

　僕も思わず、微笑んでしまう。それからその本の名前が気になった僕は、東雲に質問した。教えてもらった本のタイトルは、映画化もしたことのある、今どきの高校生なら誰もが知っている、名瀬雪菜という作家が書いた青春小説だった。

　でも、彼女の言う通りなのかもしれないと思った。惰性でここまで来てしまったと思っていたが、僕は今選んでここにいる。自分のことは自分が一番よく理解できているると思っていたけれど、それこそが大きな自惚れなのだろう。だとするならば、もう少しだけ頑張ってみるのも、間違いではないのかもしれない。

「まずはできることからやってこうよ。高校から補習の課題出てるんでしょ?」

「それも亜咲美から聞いたの?」

隠すことなく素直に東雲が頷いたのを見て、後で亜咲美に個人情報を話すなと釘を刺しておかなければいけないと思った。それから僕はゲームの電源を落として、部屋の電気を明るくして、散らかった机の上を片付けてから久しぶりに勉強道具を広げた。いつの間にか、東雲詩乃に対する警戒心は綺麗に消え去っていた。

勉強を始めたところまではよかった。きっと、間違いではなかったはずだ。けれど問題は、勉強を始めてからすぐに発生した。とても悲しいことに、僕の勉強に対するやる気は高校三年生に上がった頃にはすでに霧散していて、今習っている範囲は全くと言っていいほどついて行けていない。おまけに学校自体も、意味もなく休みがちだったから、学力を取り返すには努力が必要だと改めて思い知らされた。

東雲は僕の勉強を手伝うと言ってくれたから、まずは現代文の勉強から取りかかることにした。そうして勉強を始めてすぐに、彼女は高校生が読めて当たり前の漢字を読むことができないということを理解することになる。

「せ……せ……ごめん朝陽くん、この漢字なんて読むの?」

「は?」

　東雲が指差したのは、〝世間(せけん)〟というとても簡単な漢字で、また冗談でも言ってるんだろうなと思った。けれどその後も何度も何度も彼女は読めない漢字を僕に訊ね、何度目かのやり取りをしている時に、それが冗談で言っているのではないことが分かった。

「朝陽くん、この漢字は？」

　そう言って、東雲が〝休暇(きゅうか)〟を指差した時、僕はそう言えば確認していなかったことがあったことを思い出す。

「東雲って、今何歳なの？」

「へ？」

　そんなことを今さら聞いてどうしたの？という不思議そうな目でこちらを見てくる東雲は、自分の年齢を正直にスラリと答えた。

「十八だけど」

「……本当に？」

「こんなことで嘘ついても仕方ないよ……」

　失礼かもしれないが、僕は僕以上に学力のない東雲のことを憂(うれ)えた。それでも手伝ってくれると言ってくれたのは嬉しかったし、きっと彼女も悪気なんて一つもないのだろう。だから僕は、彼女ができそうなことをお願いした。

「僕が勉強をやめたくなったら、叱ってほしいんだけど。お願いしてもいい？」

「え？　うん、分かった」

「それじゃあ、僕は勉強に集中するから」

一人でやるよりも、誰かに見られていた方が集中できる。僕はさぼり癖がついているから、東雲の存在はとてもありがたかった。

「あの、もしかして私、何も役に立ててない……？　お邪魔だけしてる？」

「いてくれるだけで集中できるから」

「そう？」

僕が頷くと、それ以上悲観的に考えるのをやめたのか、東雲は足を延ばしてくつろぎ始めた。楽観的というか、根がポジティブなのだろう。そういう所は、見習いたいなと思った。

本棚に置いてある漫画を読んでてもいいよと勧めると、興味があったのか四足歩行で近付いていき、物色を始める。

「東雲は漫画、よく読むの？」

「最近まで読んだこともないよ」

「珍しいね」

「お家にあったけど、私は読めなかったから」

僕はその言葉を、うまく頭の中に落とし込んで理解することができなかった。ただ単純に漢字が苦手だから読めなかったのか、それとも家庭の事情で読むことができなかったのか。東雲の両親は、厳しい人だったのだろうか。とても気になってしょうがなくなった僕は、それとなく彼女へ質問する。

「東雲のご両親は、どんな人だったの？」

そんな質問は、本当はするべきじゃなかったのかもしれない。彼女は本棚に伸ばす手を急に止めて、小さな部屋に一時の静寂が訪れる。けれど今さら言った言葉を訂正することもできなくて、ただ東雲の顔は見えないけれど、確実に落ち込んでいるということだけは分かった。

「……ごめん、聞かない方がよかった？」

「あ、ううん。何でもない……」

何でもないというのは、どういうことなのだろう。やはり聞いちゃいけない話題だったのだろうか。そうやっていつまでも邪推していると、東雲はこちらへ振り返って、笑顔を見せた。

「お父さんもお母さんも……、すごく優しい人だよ。大好きなんだ。たくさんたくさん、旅行に連れてってもらったの」

「旅行？」

「うん。寒い所とか、暑い所とか。その行く先々で、美味しいものもいっぱい食べさせてくれたの」

嬉しそうに家族旅行の思い出を話してくれて、僕の中で勝手に湧き上がった罪悪感は少しだけ和らいだ。彼女はきっと、両親にとても大切に育てられてきたのだろう。幸せな思い出じゃなければ、こんなひまわりのような笑顔を浮かべることはできないから。

「星も見に行ったんだよ。流星群。たくさん流れ星が流れるんだって。でも私は見られなくて、少し拗ねてたの」

ちょうど、夜空が曇っていたのだろうか。それとも流れ星が流れるのはとてもわずかな間の一瞬の出来事だから、見逃してしまったのか。子供の頃の僕なら、見られなかったら落ち込んでしまったかもしれない。けれど僕も一度だけ、流れ星を見たことがあった。

「僕もね、家族旅行で旅館に泊まりに行ったことがあるんだよ。その日はちょうど流星群の見える日で、そこで知り合った女の子と一緒に旅館の屋上で星を見たんだ」

とても懐かしい思い出だ。確かあれは僕がまだ小学生になったばかりのことで、今はもう曖昧にしか覚えていないけれど。

思い出話に花を咲かせると、東雲は綺麗な瞳を大きく見開き、眼鏡越しに僕のことをまっすぐに見つめてきた。何か、まずいことを言ってしまったのだろうか。またそんな悲観的なことを考えていると、彼女はすんと小さく洟をすった。

「覚えてるってことは、きっと朝陽くんにとってそれは幸せな思い出だったんだね」

一瞬、本当に一瞬だけ、彼女の瞳に涙が浮かんだような気がした。けれどよく見てみても、東雲の瞳に涙は溜まっていない。嬉し涙だったのか、それとも悲しみの涙だったのか。それを確認する術もなく、彼女はまた嬉しそうに照れ笑いを浮かべた。

「聞かせてほしいな。その話」

「聞きたいの？」

「うん」

面白いかどうかは分からないが、東雲が聞きたいと言うならと、僕は記憶の断片を手繰り寄せるように過去の出来事が眠る海へと意識を沈める。

その海の底、僕でさえ忘れてしまった最果ての場所に、東雲詩乃という女の子はいたのかもしれない。

けれど僕はまだ、彼女の存在を見つけられずにいた。

＊＊＊

その日は今日と同じように、夏休みの真っただ中だった。現実が辛いことばかりだということを知らなかった、まだ僕が幼かった頃。僕は両親と姉の四人で、県外の旅館へ一泊二日の旅行へやって来ていた。

今にして思えば、その旅館の周りに楽しめるようなめぼしいものはあまりなく、電車で隣町へ行かなければ目立った観光スポットは一つもない、少し寂れた温泉街だった。けれど子供の頃の僕にとっては、住んでいる場所を車で飛び出して遊びに行くことは、一種の冒険のようなものに思えて、無垢な瞳をきらめかせていた。

車で旅館に着いた僕らは仲居さんに案内され、客室へと通された。説明が終わると、僕と亜咲美はすぐに部屋の外を飛び出して、館内を冒険と称して走り回った。きっと僕ら姉弟は、とても迷惑なお客様だったに違いない。それも、懐かしい思い出だけれど。そうして旅館の端から端までを探索して疲れた僕らは、売店に併設された喫茶店のカウンターに座って休憩をしていた。そんな僕らのことを気遣ってくれたのか、係の人がサービスでジェラートとオレンジジュースを出してくれたのを覚えている。

ふと、フロントの近くに、車いすに乗った同年代ぐらいの女の子がいるのを見つけた。何も知らなかった子供の頃の僕は、車いすというものがまだ物珍しいものだったから、視線は彼女に釘付けになってしまった。

「ねぇお姉ちゃん、あの子なんでおじいちゃんやおばあちゃんが座るいすに座ってるの？」

その頃の僕にとって、車いすはお年寄りが使うものだという認識が強かった。まだ子供だった亜咲美も、僕が抱いた疑問に正確な答えを返すことができなかった。だから僕ら姉弟は、いつもとは違う非日常の空間で、まるで不思議なものを見るかのような目で、その女の子のことを眺めていた。

その視線に、車いすの女の子の母親は気付いたのだろう。こちらを見ると、口元を穏やかに上げて僕らに微笑んだ。母親は女の子に何やら話しかけていたが、彼女がこちらを向いてくれることはなかった。これが僕と車いすの女の子の、一度目の出会いだった。

それから車いすの女の子の家族は、仲居さんに案内されてエレベーターの方へと向かった。僕はその間もジッと彼女のことを見つめている。そうしてふと、あることに気付いた。彼女は母親に車いすを押されながら、涙を流しているように見えたのだ。なぜ泣いているのか、その理由は後になるまで分からなかった。

館内散策に飽きた僕ら姉弟は、部屋へ戻って両親に車いすの女の子について話をした。

「ねぇ！　変な女の子がいたの！　おじいちゃんが座るようないすに座ってた！」

湧き出た疑問をすぐに解消したかった子供の僕は、部屋の中で母さんに飛びついて質問をしていた。すると母さんは優しく僕の頭を撫でながら、亜咲美にも言い聞かせるように言った。「もし次にその女の子に会ったら、優しくしてあげなさい」と。

僕が「どうして？」と純粋に訊き返すと、母さんは「毎日毎日、とっても頑張っているからそのいすに座っているのよ。それに、男の子は女の子に優しくするものでしょう？」と教えてくれた。母さんの言葉を信じて疑わなかった僕は、しっかりと頷いて、次にあの女の子と出会った時は優しくしてあげようと心の中で強く思った。

その後、僕ら家族は館内の夕食処で会席料理に舌鼓を打った。地元の食材がふんだんに使われた料理は子供の僕にも美味しくて、満足げに部屋へと戻っていった。

そしてその部屋へと戻る最中、仲居さんに呼び止められた僕らは、偶然にも今夜旅館の屋上を開放していることと、ペルセウス座流星群が深夜にちょうど極大期を迎えることを教えてもらえた。「今日が一番流れ星が見える日ですから、是非お立ち寄りください」と言われて興味を持った僕と亜咲美は、天体観測に備えて部屋で仮眠を取った。

一緒のお布団に入っている亜咲美は、薄暗い部屋の中で母さんたちに聞こえないように小さく耳打ちしてくる。

「あの女の子、どこか体が悪いのかな？」

「どうして？」

「この前大きな病院に行った時に、男の子が車いすに座ってたから。とっても辛そうにしてた」

もし亜咲美の言う通り、あの車いすの女の子が大病を患っていたのだとしたら、お母さんの言う通り次に会った時は優しくしてあげなきゃいけないと思った。

流星群が楽しみでなかなか眠れずにいると、それに気付いた母さんが小さな明かりを付けて、僕が眠れるようにと絵本の読み聞かせをしてくれた。その絵本は、子どもの僕にとっては首をかしげてしまうような内容で、物語の本質を理解することはできなかった。母さんは腑に落ちない僕の表情を見て「大人になったら、本当に大切なことが見えなくなってくるの。けれどいつか、きっと朝陽が忘れたりしなかったら、朝陽なりの、本当に大切なことが分かるようになると思うから」と、優しく教えてくれた。けれど高校生になった今も、あの日母さんが教えてくれた本当に大切なものの正体を、僕は見つけられずにいた。

その女の子とは、偶然にもすぐに、深夜の旅館の屋上で再会した。彼女もきっと、お母さんと流星群を見に来たのだろう。僕は夜空を見上げて流れ星を探しつつ、横目で彼女のことを見つめていた。

彼女は星空を見上げることなく、悲しげな表情をしながら俯いている。お母さんと喧嘩でもしたのだろうかと、その時の僕は思っていた。けれど隣にいるお母さんは、娘に対して怒っているようには見えなくて、むしろ笑顔で懸命に話しかけていた。

僕は彼女のことが気になって、目が離せなくなる。そうやって星を見ずに車いすの女の子を見つめていると、隣にいた母さんが僕の肩を優しく叩いて言った。

「あの子のことが気になるなら、話しかけてみなさい」

「……うまく話せるか分からないよ」

「大丈夫。亜咲美もついてってくれるって」

お母さんはそう言ったが、当の亜咲美は突然話を振られて口をぽかんと開けていた。

「亜咲美も行かなきゃいけないの？」

「お姉ちゃんでしょ？　弟の朝陽が困ってたら、助けてあげなきゃ」

「えぇ……」

不服そうに唇を尖らせる亜咲美だったが、お母さんにそう言われてしまっては断ることもできずに、渋々といった風に僕の手を握った。

「じゃあ、行こっか」

「え、本当に行くの？」

「気になるんでしょ？」

そう言われて、僕はもう一度車いすの女の子を見る。どうして夜空は綺麗なのに、あんなにも落ち込んだ表情をしているのか。僕はその理由が知りたかった。ここでその答えを知らないままでいるのは、なぜかダメなことのような気がしてならなかった。だから僕は導かれるようにして、亜咲美と手を握りながら一歩を踏み出した。そうして近付いていくと、女の子のお母さんが僕らに気が付く。一瞬目が合って怯んでしまったけれど、すぐにお母さんが笑顔を浮かべてくれたから、逃げ出さずにいられた。お母さんは目線の高さまでかがんでくれて、僕の頭を撫でながら訊ねてくる。

「どうしたの、僕?」

「あ、あの、その……」

うまく言葉にできなかった僕は、しどろもどろになりながら視線をあちらこちらへ投げ続けた。今感じているこの気持ちをどう表現していいのか、未熟な僕には分からなかったのだ。だからまた逃げ出したいなと思ったけれど、それは僕の手をつないでくれていた亜咲美が引き止めてくれた。亜咲美は大丈夫だよと言うように、僕の手を優しく握ってくれる。その柔らかさと温かさに勇気を貰った僕は、深く息を吸い込んでから、自分の気持ちを正直に話した。

「お、お友達になりたいんです」

「えっ?」

「お友達になりたいんです」

大事なことだと思った僕は二回その言葉を口にすると、女の子のお母さんが笑みをこぼした。それが恥ずかしかったけれど、どこか喜んでいるようにも見えて、少し複雑な気持ちだった。笑ったことによって目元に涙の溜まったお母さんは、それを拭いながら小声で僕に耳打ちしてくる。

「お友達になりたいの？」

そう聞かれた僕は、二回ほど大きく頷いた。するとお母さんはまた僕の頭の上に手のひらを乗せて、言った。

「じゃあうちの娘のこと、お願いしてもいい？」

もう一度確かに頷くと、お母さんは僕の頭から手のひらを離して、「ありがとね」と言ってから、僕ら三人だけにしてくれた。僕はあらためて、近くで車いすの女の子のことを見る。目は合わせてくれなかったが、ようやく僕は彼女のことをまっすぐに見つめることができた。

そうして初めて彼女を見た時、僕は彼女が涙を流しているのかと思って心配をした。けれど、それはただの勘違いで、左目の下に小さな可愛らしいほくろがぽつんと付いているだけだった。

これが、僕と車いすの女の子との、最初で最後の邂逅だった。

＊＊＊

僕がうっかりしていたのか、それとも彼女が故意に隠していたのか、あの場所で出会ったときに僕は自己紹介をしたが、彼女が名前を名乗ることはなかった。だから僕はあの車いすの女の子がどこの誰なのか知らないし、今どこで何をやっているのかも知らない。けれど一つだけ確かなことは、彼女は東雲詩乃ではないということ。記憶を手繰りながら、もしかしてという気持ちが芽生えたが、きっと違うだろう。

短い昔話が終わって、それからも勉強を続けて、いつの間にか日は暮れてしまった。そろそろ勉強を終わりにしよう、そう提案しようと隅っこで漫画を読んでいる東雲の方を向くと、もう本を閉じていて、代わりにピンク色のスマホを手に持ちながら気持ちよさそうに眠っていた。起こすのも申し訳ないが、このままにしておけば風邪を引いてしまうかもしれないと思った僕は、タオルケットを彼女の背中にかけてあげた。するとまぶたがかすかに動いて、その隙間から綺麗な瞳がのぞいた。そうして透明なしずくが、一筋まぶたの隙間から滴り落ちた。

「え!?　大丈夫!?」

「あっ……」

彼女は自分が泣いていることに気付き指先でそれを拭うと、それ以降涙が溢れてくることはなかった。

「……どうしたの東雲？」

「怖い夢を見てたの……」

そう言って、東雲は自分の身体を抱きしめるように両手で絡める。

「目の前が真っ暗で、何も見えなくて、ずっと真夜中の真ん中にいた……けど……」

「けど？」

「夢から醒めて、安心した。世界には、ちゃんと色があったから。だから嬉しくて、涙が少しだけ流れたの」

東雲は本当に嬉しそうに微笑むと、スマホをとても大事そうに自分の胸に当てた。

「私がここにいるのはね、日菜子ちゃんのおかげなんだよ」

「そうなの？」

「日菜子ちゃんがいなかったら、私はまた朝陽くんの所に来ることができなかったから。とっても大切な、友達なの」

心の底から、嬉しそうな顔で友達だと言える相手がいる東雲のことが、僕は羨ましかった。僕には友達と言える人間が一人もいない。友達の作り方も忘れてしまった僕には、とてもまぶしい存在だった。

そんな僕の卑屈な心を読み取ったかのように、東雲は僕に優しい表情を向ける。

「きっと朝陽くんも、いつか日菜子ちゃんとお友達になれるよ」

「会ったこともないのに？」

「日菜子ちゃんと会ったことあるよ。朝陽くんは」

「えっ？」

その予期していなかった言葉に目を丸めると、東雲はくすりと笑みを浮かべた。けれど、冗談だよとは言わない。

「……」

「そっちは本当に忘れちゃったんだね」

「忘れちゃったって……たぶん、本当に知らないと思うよ。雛鶴さんって人のことは」

「そういえば、名前を褒められて恥ずかしがってた」

伝えなくてもいいと言ったのに、結局雛鶴という女の子に伝わってしまったことが、逆に恥ずかしいと思った。彼女にしても、知らない人にそんなことを言われても、戸惑うだけだろう。東雲は、会ったことがあると言っているけど。僕の記憶の中では、東雲とも雛鶴とも会ってはいない。

「それはそれとして、明日も勉強のお手伝いしていいかな？」

急に話題を変えられて、やはり心の中に消化しきれないモヤモヤが溜まったけれど、知らないものは知らないし、いずれ分かるものだと割り切ってそれをどこかに放り投げた。

「退屈じゃなかった？」

「ううん。それに、明日はちゃんとできるようにするから」

そう言われて、僕が首をかしげたのを、東雲は見逃さなかったのだろう。失礼なことをしたと思ったが、けれど特に不快に思ったりはしなかったようだ。

「今回は全然ダメだったけど、明日は大丈夫だから」

「本当に？」

「本当に」

どこからその自信が湧いてくるのかと疑問に思ったが、彼女の善意を無碍（むげ）にするわけにもいかず、僕は同意した。それから前もって予習をしたいと言ったから、教科書を何冊か東雲に渡しておく。一晩でどうにかなるものでもないと思ったが、彼女がどうしてもやると言っているのだから止めるのも申し訳なく思った。

翌日、僕は窓から差し込む日の光で目が覚めた。いつもカーテンは閉め切っているから、日光が部屋に差し込むはずがないというのに。そんなことを思いながらカーテンを閉めて再び寝ようと思い立ち上がると、ようやく彼女の姿に気付いた。

「起きた？」

果たしてそこにいたのは、もうすでにパジャマから普段着に着替えている東雲だった。黒のTシャツに、くるぶしのあたりまで伸びるベージュのガウチョパンツを履いている。そして今日はそういう気分じゃないのか、眼鏡をかけていなかった。

「何で朝っぱらから東雲がここにいるの……」

「朝陽くんが、なかなか起きてこないからだよ。ほら早く制服に着替えて、支度も済ませてよ」

何ということだろう。気付けば、いつの間にか夏休みが終わってしまっていたようだ。けれど抜け落ちているはずの記憶の断片を探しても、なぜか夏休みを過ごした記憶だけがすっぽり抜けている。僕は疑問に思ってスマホの電源を入れると、違和感の正体にようやく気付いた。

「まだ夏休みなんだけど……」

僕は突然記憶が消失したなどという大事件が起こっていないことに、心底安堵する。

東雲はそれから、問い詰めるような言い方ではなく、遠慮がちに視線をそらしながら僕に訊ねた。

「……夏休みだけど、補習に行かなきゃいけないんでしょ？　亜咲美さんから聞いた」

「いや、あれは……」

咄嗟に何かうまい言い訳を探していることに気付いて、言葉に詰まった。そんな情けない僕に思うところがあったのか、東雲は目を細めながら口を半開きにする。けれど出しかけたその言葉は飲み込んで、代わりにため息をついて部屋を出ていった。寝起きの僕の思考は東雲の行動についていけず、しばしの間部屋の中心で立ちすくむ。けれどジッとしているわけにもいかなかったから、まだ行くと決めてはいないがひとまず制服に着替えて、リビングへと向かった。

もう父さんと母さんは仕事へ出たのだろう。リビングには東雲の姿しかなく、ちょうどトーストした食パンをお皿に移しているところだった。僕と目が合うと、彼女はすぐに視線をトーストに戻してしまう。

「亜咲美さんに、朝陽くんの朝ご飯用意してあげてって頼まれたの」

「東雲、勉強はするけど、学校に行くかはまだ決めてない」

「……学校、行かないの？」

「……行かない」

噛み合わない会話に苛立ちを覚える僕のことを、今度はやや冷めた視線で見つめてくる。その目に僕は少しだけ怯むけれど、目をそらしたりはしなかった。そうして視線を交差させて見つめ合っていると、先に彼女の方の興味が失せたのか、折れて視線を外した。

「学校に行くか行かないか、決めるのは朝陽くんだから。君がそう決めたなら、そうすればいいと思う」

その冷たい声音に、僕の背筋は少しだけ震える。東雲はそれから、冷蔵庫の方を指差した。

「お母さんが作ってくれたスクランブルエッグ、冷蔵庫の中に入ってるから。電子レンジでチンして食べてね。私はちょっとそのへん出かけてくる」

こちらの言葉を待つこともなく、彼女はリビングを出て行き、次いで玄関のドアを開ける音が聞こえてきた。その音が聞こえるまで、僕は一歩も動くことができなくて、ようやく動き出せたかと思えば、そのままいすに腰かけた。

東雲は、もしかして怒っていたのだろうか。僕が学校へ行かないと言ったから。そもそも学校へ行く行かないの話は昨日全くしていなかったし、そんなことを突然言われたって、心の準備ができていない。三年生になってからは休みがちで、夏休みに入っても一度だって補習に参加しなかったのだ。そんな僕が今さら学校へ行ったって、奇異の目で見られるだけだから……。

それならどうして僕は昨日、わざわざ勉強を頑張っていたのだろう。奇異の視線に晒(さら)されるのは、夏休み明けでも変わらないはずなのに。僕は結局、東雲にいい格好をしたくて勉強をしていたに過ぎないのかもしれない。

そうして僕はいったい、いつまで言い訳を続けるのだろう。学校へ行かないのだって、結局は僕の怠慢なのだ。自分で決めることができなければ、自分の気持ちを置き去りにされて世界は進んでいってしまう。過ぎ去っていく世界のスピードに僕はついていけていない。きっと言い訳をしている間に夏休みが終わって、学校が始まって、また言い訳を探し続けるのだろう。それじゃダメだと、わかっているのに。

「朝陽、おはよ」

僕の名前を呼ぶ声がして、咄嗟にそちらへ視線を移す。ちょうど亜咲美が眠たそうにあくびをして、リビングのドアを閉めるところだった。こんな時間に起きているのは、亜咲美にしては珍しいことだった。いつも父さんや母さんと同じ時間に起きるというのに。

「あれ、詩乃ちゃんは？」

「東雲なら出かけたけど」

「あの子も元気だね。若いってことなのかな。夜遅くまで勉強してたのに」

「……そうなの？」

「あんたの高校の教科書開いて、一生懸命問題解いてたから。私も手伝ってて大変だったんだよ」

そんな、僕なんかのために無理をしなくてもよかったのに。申し訳ない気持ちで、胸の内が張り裂けてしまいそうだった。

「それで、あんたは何をしてるの？」

「……えっ？」

気付けば亜咲美は、こちらへ近付いて僕のことを見下ろすように立っていた。

「詩乃ちゃんさ、あんまり学校通えてなかったんだって。どうしてか分かる？」

「……どうしてなの？」

「長い間、入院してたからだって」

入院。その短い単語が、頭の中に張り付く。そうしてこれまでの出来事が、まるで舞台の照明のように僕の脳内にフラッシュバックする。

彼女のことを忘れてしまった僕の元へ、遠くから捜しに来てくれた東雲。僕が軽い気持ちで待ち合わせ場所に行かないという選択をしたから、大雨の中で彼女を一人ぼっちにさせてしまったこと。そして自分の方が苦しい思いをしているはずなのに、わざわざ僕のために時間を使って、夜遅くまで勉強をしてくれていたこと。

「……東雲を捜して来る」

それだけ言って走り出そうとした僕を、亜咲美は「待って」と止めた。それから言い聞かせるように、彼女は口を開く
「詩乃ちゃんは別に、あなたに頼まれたからやっていたわけじゃないのよ。全部、自分が選んでやったの。あなたを捜しに来たことも。雨の中待っていたのも、勉強を手

伝うと言って夜遅くまで起きていたのも。それは全部、彼女の自己満足でしかないってこと。ちゃんと理解してる？」

「……どういうこと」

「あんたが責任を感じて追いかける必要は、これっぽっちもないってこと」

その話を聞いても、僕には姉の言っていることがさっぱり分からなかった。どうして亜咲美の言っていることが、東雲を追いかける必要がないということにつながるのか。東雲は、こんなどうしようもない、見捨てられてもしょうがない僕のために、時間を使ってくれたのに。

だから僕は、何も迷うことなく亜咲美に言葉を返した。

「ごめん、亜咲美の言ってることは、よく分からない」

ただ感じたことをそのまま言葉にすると、亜咲美は安心したように微笑んだ。

「そ、よかった」

何がよかったのか分からないが、亜咲美は満足そうに冷蔵庫から麦茶を取り出した。もう話は終わったのだろうか。僕は勝手にそう納得して、それから支度をして東雲のことを追いかけた。

出て行った東雲詩乃を捜すことに、少々手こずるかもしれないと考えていた。けれど大した時間もかかることなく、家を出てからすぐに彼女のことを見つける。東雲は玄関を出てすぐ真横の位置に、退屈そうにしながら座っていた。

「……結局学校、行くの？」

あまり期待をしていないような視線をこちらへ向けてくるが、僕の答えは最初から決まっていたから、返答に迷いはしなかった。

「行くよ、今すぐ。歩きながら話したいことがあるから、ついて来てくれない？」

そうお願いすると、東雲はすぐに立ち上がって両手を頭上に伸ばし、大きく伸びをする。あまり寝ていないからなのだろう、大きなあくびをして目から溢れてきたしずくを指先で拭った。少し、めんどくさそうな顔をしているのを、僕は見ないフリをしてやり過ごした。

それから僕らは、どちらからともなく歩き始める。学校までは歩いて二十分ほどかかるから、話をする時間は充分にあった。

「亜咲美から聞いたんだけど」

歩きながら、僕は話を切り出した。

「長い間入院してたって、本当のことなの？」

一番初めに、一番聞きたかったことを質問すると、彼女は大きくため息をついた。

「朝陽くんには内緒にしてって、念押ししたのに……」

「じゃあなんで入院のことを亜咲美には話したの」

その質問の返答にはやや間があった。けれど東雲は言葉を選びながら、正直に答えてくれた。

「秘密を知られたから。本当は最初から気付いてたみたいなんだけど。私のこと、話さなかったら、全部朝陽くんにバラすって」

その秘密がどういうものなのか僕には見当もつかないが、横暴な亜咲美なら言いそうなことだった。

「その秘密っていうのは？」

「詳しいことは話せないって、前に言ったけど」

やはりその秘密は、時が来た時に教えてもらうか、自分で知るしかなさそうだった。きっと亜咲美に聞いても教えてくれないだろう。大事なことは、ちゃんと黙っている人だから。

それから東雲はぶっきらぼうに言い過ぎたと思ったのか、やや視線を地面に向けながら「ごめん……」と言った。

特に気にしていなかった僕は、そのまま話を続けた。

「どうして入院していたかは、教えてくれないの？」

「そんなこと知って、どうするの？」

「どうにもできないけど、心配だから……」

僕には医学の知識なんてない。けれど何も知らないより、知っていた方がずっといいような気がする。何より、僕は東雲のことが知りたいと思ったから。

東雲は隣を歩く僕の方を見て、特に思いつめた様子もなく答えてくれた。

「膵臓（すいぞう）の病気」

「……膵臓って、何の役割をしてるんだっけ」

「膵液（すいえき）っていう消化液を分泌（ぶんぴつ）する働きをしてるの。糖をエネルギーに変えるために、インスリンを作ったりもしてる」

「その膵臓が悪くなるってことは、つまるところどうなるの？」

「そんなの決まってるじゃん」

あっけらかんと、うっすら笑みさえ浮かべながら、彼女は言った。

「死ぬよ。医者から宣告された余命は一か月。だから最後の時を過ごすために、あなたに会いに来たの」

そんな突拍子もない話を聞かされた僕の頭の中は、一瞬にして真っ白になった。指先がチリチリと痛み出し、やけに喉に渇きを覚える。冷汗が背中を伝って、流れ落ちた。すぐ隣にいる元気な彼女が、一か月後に死ぬ。その事実を、到底受け入れられるわけがなかった。

「……冗談だよね？」

僕が深刻そうな顔をしているのが面白かったのか、東雲はくすりと口元から笑みをこぼす。

「よく分かったね。そんなの、冗談に決まってるじゃん」

「は？」

「余命いくばくもない女の子が、こんなに自由に動き回れるわけないもんね」

彼女の笑みで、知らぬ間に速まっていた心臓の鼓動が、いつも通りの一定のリズムを取り戻す。本気で心配して、本気で安心した僕は、大きな安堵のため息をついた。

「そんな驚くような悪い冗談言わないでよ……本気で心配しただろ……」

「心配したの？」

不思議そうに目を丸める東雲に、僕は頷いた。そんな大ごとを聞かされて、心配しないわけがない。だから当然のことを言っただけなのに、彼女は突然冷めたような声音で呟いた。

「……それは、たぶん私が東雲詩乃だから心配してくれただけなんでしょ」

「どういうこと？」

「私が東雲詩乃じゃなかったら、朝陽くんは心配なんてしてくれなかった」

東雲の言っていることがよく分からなかったが、たぶん絶対に彼女の言っていることは間違っていると思ったから、素直に首を振った。

「君が東雲詩乃じゃなかったとしても、僕は心配したと思う」

「そんなの、分かるわけない」

「分かるわけないけど、たぶん間違ってないと思う。君が例えば、あの時に初めて出会った女の子だったとしても、僕は本気で心配したと思う」

現に僕は、東雲詩乃という女の子のことを、全くと言っていいほど覚えていないのだ。だから僕にとって彼女は、初めて会ったに等しい。隣を歩く東雲は納得のいった表情を見せてはいなかったが、僕は本当のことを知りたかったから、話を戻した。

「それで、どうして入院してたの」

二度目の質問に対して、それ以上東雲は茶化したりせずに、けれど先ほどよりも沈んだ声で話してくれた。

「……ここが悪かったの」

そう言うと、東雲は左手を自分の心臓の位置に置いた。

「悪かった？」

「もう治った。医学の進歩ってすごいよね。助からないって本気で思って、死ぬための心づもりと準備をしてたのに、結局生かされちゃって私はここにいるの」

僕はそれを聞いて、東雲が死んだりしなくて本当によかったと思った。病気で死ぬよりも、治った方がずっといい。それなのに、あまり嬉しくなさそうな表情をしている彼女のことが、僕にはよく分からなかった。きっと苦しくて苦しくて、辛い、その痛みから解放されたというのに。

「……今は、生きているのが申し訳ない。私を助けるぐらいなら、もっと他の人を助けてあげられればよかったのにって、時々思うことがある。神様って、本当に不公平……」

公平か不公平かで言うなら、きっと神様は公平で平等なのだろう。生きたいと思う人を生かして、死にたいと思う人を殺すなんて、それこそ不公平で不平等だ。彼女の生き残った理由が、もしこの世界に神様という存在がいるからだとするならば、必然のことだったのだろう。

「……綺麗事だけど、もしこの先にいいことが待っていたとしても、死んじゃってたらそれも知らないままなんだよ」

「本当に綺麗事だね。それでも私は構わないよ。生きてても下がり続けるだけの人生かもしれないんだから。それを知ってしまうより、流れに身を任せて死んでしまった方が、ずっとよかったと思う」

自嘲気味に笑う東雲に、僕は何も言うことができなかった。僕に何かを言う権利なんて、何もないと思ったから。だってほんの数日前までの僕は、遠からず彼女と同じことを考えていたのだから。僕だって、なんで生きているんだろうって思うことが時々あった。今だって、そう思っているのかもしれない。優秀な姉が側にいて、常に劣等感に苛まれたり、頼んでもいないのに自分の将来を決められてしまったり。将来のことなんて何もかも不確かで、不鮮明で、この先のことを思えば、生きていてもしょうがないのかもしれない。けれど、僕は東雲のおかげで少しだけ明日に希望を持てるようになったんだ。

『考え方次第で、世界は変わるんだよ。朝陽くんは、選んでここまで頑張ってきた。惰性で続けてきたんじゃない。ちゃんと自分で選んで、今ここにいるの。だからあと少しだけ、頑張ろう?』

　僕は今、選んでここにいる。考え方次第で、世界は変わる。逃げ出す機会はいくらでもあったのに、僕は今ここにいる。それにはきっと、何か意味があるはずだから。

　前向きで、自分の思ったことを行動に移す東雲を心のどこかで尊敬し、正直僕は憧れつつあった。けれど、それは少し違ったようだ。彼女はちゃんと人並みに悩んで、苦しんで、落ち込む時は落ち込む、そんな普通の女の子だった。今のどこかこじらせた東雲は、まるで自分を見ているようだった。

　東雲はそれから、取り繕うように「ごめん。今のも全部冗談だから、忘れて」と言った。

忘れられるわけがない。全部冗談なんかじゃない。

だって彼女は、一つも笑ったりしなかったのだから。


しばらく僕らが会話を交わすことはなかった。東雲もそういう気分ではなくなったのだろう。少し落ち込んだように、やや視線を下に俯かせて歩き続けていた。けれど学校に近付く頃には若干気持ちが晴れたのか、僕にまた冗談を言うようになっていた。

「学校行くのやめて、今から町で甘いものでも食べようよ。私、ドーナツ好きなんだよね。食べたい」

「へぇ、何のドーナツが好きなの？」

その返しが予想外だったのか、東雲は一瞬言葉に詰まった後に笑顔を見せた。

「冗談だから、真に受けなくていいよ」

「さすがに冗談だって分かるよ。ただ、何のドーナツが好きなのかなって思っただけ」

すると左手の人差し指を口元に当て考えるしぐさを取って、しばらくしてから彼女は「オールドファッション」と答えた。それからすぐに「シュガードーナツも好きと話す。ドーナツ屋に行ったら、絶対注文してる」と言って、綺麗な白い歯を見せて笑った。

「僕はフレンチドーナツとか好きなんだけど」

「フレンチドーナツも美味しいけど、王道過ぎる。あまり味付けの少ないシンプルなドーナツの方が、ドーナツ本来の味わいが引き立つと思うの」

大真面目にドーナツのことを語り出す彼女のことが面白くて、僕は思わず笑みをこぼした。

「東雲ってもしかして、甘いものが好きなの？」

「女の子はみんなそうだと思うけど。甘いものがあれば、私は生きていける」

「あんまり食べ過ぎたら太るけどね」

「何言ってるの？　ドーナツは真ん中に穴が開いてるから、カロリーゼロなんだよ」

そんな謎の理論を振りかざしたところがまた面白くて、いつまでも話していたかったけれど、いつの間にか僕らは校門前に着いていた。

不思議なことに、今まで学校までの道のりがとても憂鬱なものだったはずなのに、今日は時間を忘れてしまうほど楽しかった。夏休みで登校する学生が少ないからというのもあると思うが、一番の理由は東雲がいてくれたからだろう。

「僕は教室に行くけど、これから東雲はどうするの？」

「暇だから、そのへんを見て回ってようかな」

それならば、終わった後に連絡が取れるようにとスマホのアドレスを交換することを提案した。了承してくれた東雲は、提げていたミニバッグからピンク色のスマホを取り出す。左手の人差し指でトントンとスマホをタップしている彼女は、前よりも扱いがうまくなっているような気がした。

無事にアドレスを交換すると、僕らは「それじゃあまた後で」と言って解散する。

東雲がいなくなったことによって、少しだけ寂しさが湧き上がってきたが仕方ない。ちゃんと、学校へ行くと決めたのだから。

僕は一度呼吸を整えて、自分の教室へと向かった。

数学と英語の補習を受けて、宿題をやっていないことを咎められ、僕は先生に頭を下げた。ずっと学校に行くことを憂鬱に感じていたが、実際教室へ入ってみるとクラスメイトの数人が一瞬物珍しそうな顔をしただけで、特にどうということはなかった。少しは気まずさがあるけれど、それはきっと僕の思い込みと後ろ向きな心がそうさせているだけで、きっと周りの人間は僕にそれほど興味関心はない。僕も周りの人間に関心は向けないし、今までだってそうやって学校での生活を過ごしてきたんだから。

補習は午前で全て終わり、席についていたクラスメイトが各々気怠そうにしながら立ち上がる。僕も早く東雲に連絡を取って、合流しようと思い立った。けれど立ち上がろうとした時に「麻倉くん」と、廊下の方から声を掛けられる。そちらを向くと担任の多岐川先生がいた。

「どうしたんですか」

「学校、来てくれたんだ」

どこか嬉しそうに微笑む先生は、僕の肩を優しく叩いた。

「偉いぞ、麻倉くん！」

「はぁ……」

若くて生徒と距離感の近い先生に、僕はやや苦手意識を感じていた。だけど、決して悪い先生ではない。悪いのは、順応できない僕の心だ。

先生は久しぶりに学校へ来た僕と、いろいろ話したいのだろう。そんな気持ちがどこか透けて見えたが、おそらく今は忙しくて立ち話をしている余裕がないのかもしれない。先生は手に持っていたファイルの中から、一枚の紙を渡してきた。

「これ、進路希望調査票」

手渡されたその紙には、僕の名前だけが書かれていて、それ以外は空欄だった。この紙が、今の宙ぶらりんな僕の心を表している。それでも先生は怒ったりせずに、優しいまなざしを向けてくれた。

「私も、学生の頃は進路に悩んでたから、麻倉くんの気持ちはすごくよく分かるわ」

「……そうなんですか？」

「えぇ。だから、納得がいくまで悩み続けなさい。相談に乗ってほしかったら、いつでも言って。頑張って時間作るから」

「あの、いつまでに提出すればいいですか……?」

申し訳なさそうに訊ねると、先生は他の教師や生徒に聞こえないように、そっと耳打ちしてきた。

「期限は麻倉くんの本当にやりたいことが見つかるまででいいよ。それまで私、学年主任の先生への言い訳考えとく」

その優しさに、僕は胸が熱くなる。普通のクラスメイトと比べれば、僕なんて扱いの難しい困った生徒という位置づけのはずなのに。

僕は「ありがとうございます」と言って、深く礼をする。それから甘い言葉だけをかけずに、先生は去り際「後期はちゃんと学校に登校するのよ。テストの点が取れても、出席日数が足りなかったら留年するからね」と言った。僕が「気を付けます」と返すと、先生は満足したのか手を振って向こうへと去って行った。

僕はそれを見送ってから、東雲に補習が終わったと連絡を入れた。

東雲から近くの公園にいるという返事が返ってきたため、すぐに向かってみると、彼女はブランコに座りながら電話で誰かと話していた。きっと雛鶴日菜子というお友達なのだろうと予想したが、聞こえてくる会話から、その人ではないということが分かった。

「ごめん、乃々。お父さんとお母さんのこと、説得しておいて。絶対ちゃんと帰るから……えっ？　いつに帰るかって……？　たぶん、夏休みが終わるまでには……」

必死に乃々という女の子に言い聞かせるように話しているから、東雲は僕に気が付いていないようだった。これ以上盗み聞きをするのは申し訳ないと思ったから、そっと後退りして電話が終わるのを待とうとしたが、靴が砂をこすりつける音が強く響いてしまった。そうして僕が来たことに気付いた東雲は、「ごめん、そういうことだからよろしくね！」と一方的にまくしたてて電話を切った。

僕は弁明するように、言い訳を口に出す。

「ごめん、今来たとこで……盗み聞きするつもりはなかったんだよ」

「別に、聞かれて困るようなことは話してないし、気にしてない」

そう言って東雲はスマホをバッグのポケットに、半ば放るように入れた。

聞いてもいいことなのか分からなかったが、好奇心に負けた僕は質問を投げかけた。

「今の、もしかして妹さんとか？」

「うん……まあそんな感じかな」

曖昧に濁したところを見るに、やっぱり聞かない方がよかったのだろうか。東雲乃々という子のことをもっと知りたいと思ったが、それ以上は口をつぐんだ。けれど僕の気遣いに反して、彼女はとてもめんどくさそうに眉を寄せて、ため息をついて妹のことを話してくれた。

「めんどくさいお年頃なの。中学生だから、そういう時期なのかもね」

「心配なんじゃないの？　東雲が長い間、入院してたから」

「もう病気は治ったって言ってるんだよ？　なのに、あんまり走るなとか重たいものは私が持つとか。とにかく気を遣ってきて鬱陶しいの」

「きっと妹さんは、東雲のことが大好きなんだよ」

今の会話だけで、乃々という女の子が姉思いの優しい性格なのだということが伝わってくる。それはきっと、東雲もうっすらと気付いているのだろう。だからそれ以上は何も言わずに、一番気になっていた話題へ話を移した。

「……両親に内緒でここまで来たの？」

痛い所を突かれたのか、東雲の顔が若干引きつる。何か必死に言い訳を考えるように口元をもごもごとさせるが、僕にすでに聞かれてしまっているから言い訳は無意味だと気付いたのだろう。観念するように、肩の力を落とした。

「親に言ったら絶対に止められるって思ったから、無断でここまで来た」

「無断で出て来ないといけないほど、急がなきゃいけないことだったの？」

「たぶん、あんまり時間が残されてないの……」

途端に寂しげな表情を浮かべる彼女に、僕は一抹の不安を抱いた。そうしてさっき冗談で言った〝余命一か月〟という言葉を思い出して、動悸が速まる。あれは冗談だと言ったけれど、もし本当は冗談なんかじゃなかったら……そんなことは考えたくなかったが、彼女の本心が分かるわけもないから、ただ不安が積もっていくばかりだった。

　そんな僕の気持ちを察してくれたのか、東雲は優しく笑みを浮かべて言い聞かせるように言った。

「安心して、突然いなくなったりはしないから。ちゃんとお別れを言ってから、私は家に帰るよ」

　何か不穏な空気をはらんでいて、ますます言いようのない焦燥感に駆られてしまう。彼女はいったい、何者なのだろう。そんな確かめようのない疑問だけが、僕の脳内を駆け巡っていた。

「あーあ、ちょっとお腹空いたなぁ」

　沈んだ空気を無理やり変えようとしたのだろう。彼女は自分のお腹に手を当てて、わざとらしくそう言った。僕もこの雰囲気がずっと続くのは嫌だったから、彼女の遠回しの提案に潔く乗った。

「ドーナツでも食べに行く？」

「えっ、いいの!?」

「ちょっと町の方に寄り道するだけだし、別にいいよ」

よっぽどドーナツが好きなのだろう。今日一番の笑顔を見せた彼女に、僕の胸がふいに高鳴った。けれどすぐに、なぜか東雲はその笑顔を曇らせた。どこか申し訳なさそうに落ち込む彼女を見て、高鳴った胸が静まり始める。

「どうしたの？」

明らかに何か思うところがあったはずなのに、彼女はその感情の一切を引っ込めて無理やりな笑顔を見せた。

「ううん、何でもない」

何でもないということは、ないと思った。けれどそれ以上何かを聞くことを躊躇った僕は、「それじゃあ、行こうか」と言ってその場を後にする。

きっと美味しいものを食べれば、おのずと元気が出てくるだろう。そんなことを期待しながら、町へと向かうバスに乗り込んだ。

町に向かうバスの中で、東雲は「ごめん、ちょっとメール打つね」と断りを入れてから、スマホを取り出して文字を打ち始めた。別にのぞいたりするつもりは一切なかったが、どこか違和感を覚えた僕は彼女のスマホを持つ右手を無意識に見つめた。

そんな僕に気付いたのか、東雲は目を細めながら、「女の子のメールをのぞく趣味があったの？」と若干警戒するように言ってくる。慌てた僕は「いや、そんなつもりはなくてっ！」と言い、視線を明後日（あさって）の方向へ投げた。それが彼女の笑いのツボに触れたのか、声を漏らしながら笑った。

「そんないやらしいことはしない人だって、さすがに分かってるから。冗談だよ」

「いや、でもごめん……勘違いされるようなことして……」

「大丈夫だから、気にしないで」

そんな風にフォローを入れてくれたから、僕はそれ以上罪悪感を抱かずに済んだ。

それからバスの中でぼうっとしているとなんだか眠くなってきて、彼女が左手の人差し指でスマホを叩く音が、子守歌のように聞こえてきた。眠るわけにはいかないと思い、以前から聞こうと思っていたことを、なんとはなしに質問する。

「東雲って、どうして眼鏡をかける時とかけない時があるの？」

「そんなこと知りたいの？」

「ずっと、気になってて」

すると東雲は一旦スマホを指で叩くのをやめて、少し考え込むような間を作った。

それから一番自分の心に当てはまる答えが見つかったのか、わずかな息遣いの後に教えてくれた。

「大きくなるにつれて、この世界はそんなに綺麗じゃないんだなって自覚したからかな。この世界は、仕方のないことで溢れてる。私が心臓の病気を患っていたのも、仕方のないことで、運が悪かったから。そういうことをなんとなく理解してきた頃に、視力を矯正(きょうせい)してまで綺麗な世界を見るのが怖くなった。少し濁ってるぐらいが、私にはちょうどいい」

その言葉は世の中に不満を抱いていて、何もかも諦めているような口ぶりだったけれど、決して間違ってはいないんだろうなと思えた。何となく外しているだけなんだろうなと推察していたけれど、そこまで自分の心を見つめて行動していたことに、僕は少し尊敬を覚える。

確かに後ろ向きな答えだったけれど、自分と向き合うことを避け続けてきた僕にとって、とても意味のある話だった。

「でも、案外そんなことないと思うけど。ビルの夜景とか綺麗じゃない?」

「知ってた? 夜景って夜遅くまで働いてる人たちの頑張りで、綺麗に見えるだけなんだよ」

「それでも、数ある明かりの一つには、幸せな家庭の光が見えると思う。それはきっと目には見えないけど、大切で尊くて、この世界には僕たちが想像しているよりも、ずっと多くの幸せに満ちているんだと思う」

大人になるにつれて、見えなくなるものがある。それはきっと、物事の本質を知ってしまうからなのだろう。きっと子供の頃の僕らは、濁った心を持ち合わせたりせずに、純粋に綺麗なものを綺麗なものだと認識して、目を輝かせていた。目で見える数字やモノに囚われたりしなかった。

僕らの目が、あと少しだけ、あとほんの少しだけ、あの頃のように見えるようになっていれば、きっと前向きに生きていけるのかもしれない。

そんな変わるための、些細なきっかけが欲しかった。考え方次第で、世界は変わる。それを証明する何かが、欲しかった。

バスで町中まで向かうと、そこは自宅周辺の閑静な住宅街とは打って変わって、高層ビルが建ち並ぶ近代的な空間へと様変わりした。僕らと同年代ぐらいのカップルがそこら中どこを見渡しても歩いていて、仕事の休憩中なのかスーツを着た若い男性の姿も見受けられた。道を歩いているだけで人とぶつかりそうになって、それが危ないなと思った僕は、東雲を誘導するように道の端へと移動する。無意識だろうが、僕と彼女の物理的な距離が縮まっているような気がした。少し体を縮こませていて、もしかすると、怖いのかもしれないと彼女のことを気遣う。

「こういう所来たの、初めてなの？」

そう訊ねると、東雲は小さく頷いた。

「あんまり外出歩かないし、インドア派だから。それに住んでた所も田舎町だったし。こういう人の多い所は、息が詰まるからうんざり」

あまり外を出歩かないのは、ずっと心臓の病気で入院していたという理由もあるのだろう。それに今になって思えば、初めて会った時に言っていた、テレビを見るしかすることのなかったという彼女の発言も、きっと入院中の娯楽がそれぐらいしかなかったからなのだ。だから偏った知識を持っているのかもしれない。

僕は彼女が笑顔になってほしくて、ある提案をした。

「近くに僕のおすすめの団子屋さんがあるんだけど、食べに行く？」

「え、お団子？　食べたい！」

「じゃあちょっと寄ってこうか」

当初の目的のドーナツ屋からは遠ざかっていくが、彼女が喜んでくれる姿を見られるのは僕も嬉しい。

お団子屋さんは行列ができていた。僕らは最後尾に並びながらスマホでお店のサイトを開き、どれを食べたいか相談する。

「いろんな種類があるんだよ。ほら」

僕が表示したスマホの画面には、黄粉（きなこ）味やみたらし団子、三色団子はもちろんのこと、ごまだれやいちご、ずんだ味、ゆずみそなどの色とりどりの味の団子が表示されている。

「ええ、こんなにあったら迷っちゃう」

「定番のみたらし味にしておく？」

「みたらしはなぁ。美味しいんだけど、砂糖醤油の味が濃い時があるから、お団子というよりみたらしを食べてる感覚が強くなるんだよね。今はそういう気分じゃないかも」

どうやらお団子選びにも、彼女の流儀があるようだ。そして先ほどのドーナツの会話のくだりを聞く限りでは、彼女はきっとシンプルな三色団子を好みとするのだろう。

そんな予想は当たっていたのか、しばらく悩んだ末に東雲は「じゃあ、やっぱりこれにしようかな」と言って三食団子を指差した。けれどそれだけでは飽き足らず「ついでにこれとこれとこれも！」言って、黄粉味といちご、ずんだ味も指を差す。

「あとでドーナツも食べるんだよね？　お腹いっぱいにならない？」

「何言ってるの？　お団子は丸いからカロリーゼロなんだよ」

また謎の理論を振りかざされた僕は、もう笑うしかなかった。長い間列について、ようやく団子を買った僕らは、近くに会ったベンチに腰かけてパックを開く。ちなみに僕は、三色団子とずんだ味を買った。まず三色団子を口にすると、素直に「美味しい」という言葉が漏れ出た。

僕のそんなシンプルな感想に対して、東雲は「すごい柔らかくて美味しいね。今まで食べたお団子の中で一番かも！」と、ややその味に興奮していた。本当に幸せそうな顔をしていて、彼女から生のオーラが溢れ出ている。ドーナツでも、お団子でも、あまり飾らずにその食べ物本来の味を引き立たせているものが好きだという彼女は、きっと誰よりもその幸せを享受できているのだろう。真っさらなありのままの姿が好きだと言えて、こんなにも幸せを噛みしめられる彼女のことが、僕はとても美しいと思った。

三色団子を食べ終わった東雲は、ずんだ味のお団子にも手を伸ばして、同様に幸せそうに喜びも一緒に噛みしめながら食べ進めた。そうして二本目を食べ終わった時、とても満足げに大きく伸びをした後で「こんなに幸せな気分になったのは初めてかも」と言った。

「友達とこんな風に出かけたりしないの？」

「んー私、友達いないから」

特に何も考えずに質問したことで、危うく地雷を踏んだかもと思ったが、東雲はまるでそれが当然のことのような表情を浮かべ、次は黄粉味のお団子を手に取った。

「友達、いっぱいいるのかと思ってた」

「私みたいな根暗な女の子に、友達ができると思う？」

「でも、雛鶴さんは友達なんでしょ？」

以前東雲は自分で、雛鶴日菜子という女の子は、とても大切な友達だと言っていた。だから彼女の見せたその驚きの表情に、僕は少し首をかしげる。

「違うの？」

「あぁ、そっか……そうなんだ……」

俯いてしまった彼女の横顔は、どこか戸惑っているようにも見えて、嬉しさを噛みしめているようにも見えた。けれどすぐにその表情は沈んで、呟くように言う。

「……ごめん。そんなようなこと言ったの、すっかり忘れてた」

「……大丈夫？」

突然要領を得ないことを話し始める彼女のことを、僕は割と本気で心配した。もしかして体調でも悪いのかと思ったが、そういうわけでもなさそうだった。けれど東雲は、真面目な顔をしてしばらく考え込んだ後に、覚悟を決めたのか再び口を開いた。

「ごめん。話してなかったっていうか、話す気がなかったんだけど、話すね。私、自分の記憶が曖昧な時があるの」

真面目な顔をして話し始めた内容が、まるで冗談を言っているかのようなものだったけれど、僕はそれを疑いはしなかった。この時だけは、本気だということが伝わってきたから。

「浮き沈みが激しかったりもするんだけど、それは私のせい。記憶の方は、滅多なことがない限り、大きな矛盾は起きないと思う」

「ちょ、ちょっと待ってよ」

冗談を言っていないのだと分かったから、僕はあまり冷静でいることができなかった。

「それは、脳の病気？　病院で診てもらったの……？」

「診てもらってない。隠してる」

「隠してるって……」

「でもいずれ、自分でどうにかする。自分でどうにかできる問題だから」

彼女が現在抱えているその問題は、自分の中でもう結論が出ているのか、深刻な表情を見せたりはしなかった。おそらく、黙っていても隠し通せると思っていて、事実今の今までそんな病気のことを僕は疑いもしなかった。けれど、もう隠し通せないと思ったのか、仕方なく話した。彼女にとっては、その程度のこと。きっと、そういうことなのだろう。

「心配しなくていいよ。何も問題なんてない。認知症みたいなものだって、思ってくれれば。もし間違えたことを言っていたら笑ってほしいな」

　そう言って、東雲は無邪気に笑みを見せた。そんなことを言われても、僕には当然笑えるはずがなかった。

「……本当に大丈夫なの？」

「うん、大丈夫。それより、このいちご味も美味しいね。たくさん甘いものが食べられて、私は幸せ」

　それから今までの会話をごまかすように、彼女はまくしたてた。

「あ、そっか。私の学校の友達の話だよね。すっかり忘れてた。大した理由じゃないんだけど、聞きたい？」

　東雲のことが心配で、僕は半分上の空だった。そんな状態で、無意識に頷いていたのだろう。彼女は話を続ける。

「高校、病気で休みがちだったけど頑張って通ってて、手術して高校二年の時には病気が治ったんだけど、それまで入院してた期間が長かったから。中学生の時に悟ったんだけど、たまに登校しても、そんな私は誰かの友達にはなれても、一番の友達にはなれてなかったんだよね。いじめられたわけじゃないけど、腫れもののように扱われるのがなんだか悔しいと思って、わがままな私は、それなら一人でもいいかって、いつの日かそう思うようになったの。おかしいでしょう？」

「……おかしくなんてないよ」

上の空で話を聞いていたけれど、僕はハッキリとそう返事をしていた。そうして僕は、同情なんかじゃなく、初めて自分のどうしようもできない心の内を彼女に話していた。

「僕も、東雲と同じことをずっと思ってたから。誰かの一番にはなれない。それが辛くて、いつからか一人でいることが多くなったんだ」

誰にも話したことのない、僕の後ろ向きな気持ち。きっと今だって、僕らは同じことを思っている。その素直な気持ちを、東雲はそのまま代弁してくれた。同じ悩みを持っている人間がいることが、僕は嬉しいと思った。その悩みは、おかしなことではないのだと思えるから。

「私たち、ちょっと似てるのかもね」

うっすら笑った東雲は僕の目にとても魅力的に映って、この時ようやく、彼女に特別な感情を抱いていると理解した。それはきっと、口に出してしまうのはとても恥ずかしい、〝好き〟だという感情なのだろう。けれどこの素直な気持ちを言葉にするのは、理性が押しとどめた。そんなことをしてしまえば、きっと全て終わってしまう。東雲はうちを出て行ってしまう。今までのように、一緒にはいられなくなる。そうなってしまうのが、僕は怖かった。

だからその気持ちに気付かないフリをして、蓋をして、心の奥底に閉じ込めた。僕が間違った行動を起こしさえしなければ、一緒にいられるのだから。彼女が真実を話してくれるその時まで。

　それからドーナツ屋に行こうとあらためて提案すると、東雲は「今日の私は充分楽しんだから、ドーナツは明日の私に楽しんでもらおう」と言って、自宅へ向かうバス停へ足を向けた。

「案外気分屋なんだね」

「それもあるけど、インドア派だから。ドーナツ屋にまで行ったら、明日はお家から一歩も出られなくなりそう」

　そんな冗談を言えるぐらいには東雲の気分は回復していて、心の中でホッと息を吐く。そうしてバスで家に帰る最中、彼女はまたスマホでメールを打っていて、僕はそれを見たりしないように車窓から見える遠くの景色を見つめていた。

　家に帰ってきて、僕はまた勉強を再開する。約束した通り、東雲は今日も勉強を手伝ってくれた。正直なところあまり期待はしていなかったけれど、数学も英語も僕よりもできていて驚いた。一朝一夕で身につくレベルのものではなく、数学では難しい証明問題を難なく解いて、分かりやすく説明してくれた。英語はそもそも僕の苦手としている部分を補うところから教えてくれて、今までよりもかなり理解が深まった。

僕は「昨日のあれは何だったの？」と訊ねる。すると東雲はあっけらかんと「あんなの冗談に決まってるじゃん」と、笑みを浮かべた。冗談ではなく、本気で漢字に苦戦しているように見えたのだけれど、それもこれも東雲が言った記憶が曖昧だということに結びついているのだろうか。確かな確信なんてなかったけれど、それを聞く勇気も持ち合わせていなかった僕は、だまされたといった風に苦笑いを浮かべるしかできなかった。

そしてその日の夕食の時間、亜咲美はとても沈んだ表情を浮かべながら、母さんが作ったハンバーグを食べていた。お風呂上りから再び眼鏡をかけた東雲は、怖いもの知らずなのか、それともただ天然な性格によるものなのか、純粋な気持ちで「亜咲美さん、何かあったんですか？」とストレートに訊ねた。僕も母さんも父さんも、気を遣って聞いたりはしなかったのに。

亜咲美は箸(はし)を置いてから、この世の終わりのような諦めきった笑顔を浮かべて「別れたの、彼氏と……」と言った。なんとなく予想していた僕は、やっぱりなと思った。当の質問をした東雲は空気が読めなかった自分に罪悪感を抱いたのか、一人であたふたした後に「ごめんなさい……」と頭を下げた。別に、謝らなくてもいいだろうに。明らかに亜咲美は、構ってほしそうなオーラを放出していたから。むしろ、東雲の行動は正解だった。

今まで黙って食事をしていた父さんは、みそ汁を口に含んだ後にただ一言だけ「今度は自分のことを大切にしてくれる人とお付き合いしなさい」と言った。その言葉を聞いた亜咲美は感極まって泣き出して、隣にいた母さんは子供をあやすように「はいはい」と言って、娘の肩を叩いていた。僕はと言えば、完璧に見えた姉でもこんな風に失敗をして悲しむことがあるのだと知って、正直驚いていた。心のどこかで、欠点のない理想的な人という認識があったのだろう。そんなはずはない。亜咲美だって、人間なのだ。失敗はある。それを知ることができて、僕は不謹慎だけれど嬉しかった。

＊＊＊

東雲詩乃と雛鶴日菜子は、とある病院の中で知り合った。

何度も対話を重ねるうちに、ふたりはいつの間にか友人のような関係を形成していったが、それは他でもない乃々が橋渡しをしてくれたから生まれた関係だった。きっと彼女が間に入らなければ、ふたりはお互いを認め合うことをせず、離れ離れになってしまっていただろう。

雛鶴日菜子は東雲詩乃に、残りの一生を全て捧げることで、ようやく返しきれるほどの多大な恩を抱えている。それは東雲詩乃も同じことで、ふたりは言わば一蓮托生だった。

あるとき東雲詩乃は病院の一室で、乃々にとある昔話をした。自分の人生を、丸ごとすべて変えてくれた男の子がいるということ。たった一日の、数分の出来事だったけれど、今でもその時のことは鮮明に思い出せる。とある旅館の真夜中の屋上で、たくさん話をした記憶。その日はペルセウス座流星群の極大期で、詩乃は流れ星を見ることができなかったが、代わりに麻倉朝陽という男の子から、大切なことを教わった。

『とても簡単で、大事な秘密を教えてあげる』

世界は考え方次第で、いくらでも変わってしまうのだということをこの身で実感した。ずっとその時の出来事を覚えていて、恩返しがしたかったけれど、とある事情からそれはできなかった。心の準備も、まだできていなかったから。彼の目の前に再び現れる時には、対等でいられるぐらい自分が変わっていなければいけない。そう思っていたから、自分から会いに行くことはしなかった。

けれどそんなことで悩んでいる時間すら惜しいのだということを、彼女は理解した。時間は無限じゃない。突然敷かれていたレールを外されてしまうことだってある。人生とはそういうもので、本当は不足の事態が起きても後悔をしないように生きていかなければいけない。それを詩乃は頭では理解できていても、行動に移すことはできていなかった。なかなか決めきることのできない人生は、多くの時間を無駄にする。東雲詩乃は、自分に与えられている時間が少ないことだけは、本能的にわかっていた。だから日菜子が、自分を救ってくれた詩乃のために『麻倉朝陽に会いに行こう』と言った時、迷わずに『会いに行く』と返した。もう後悔だけはしたくなかったから。

雛鶴日菜子が退院したのは、高校二年の終わり頃のことだった。病気や入院で休みがちであったが、ギリギリ出席日数が足りて、無事に進級することができた。すぐに麻倉朝陽を捜しに行くこともできたが、退院したばかりで心配なのか、親の目が厳しかった。怪しい行動を取ることもできず、そもそも東雲詩乃が麻倉朝陽に会うためには、〝とある準備〟が必要だった。それにたとえ春休みに会えたとしても、すぐに四月が来て地元へ戻らなければいけなくなる。だから準備期間も兼ねて、東雲詩乃は夏休みになるまでジッと待つことにした。

日菜子と詩乃、ふたりの会話は、基本的にメールのやり取りで行われていた。お互いの近況報告を含めて、身の回りで起きたことを詳細に報告し合う。それがいつの日か、ふたりの日課のようなものになっていた。メールだけでの会話は味気なく、本心が見えてこない部分も多々あるが、ふたりにとっては些末な問題だった。むしろお互いがお互いのことを思いやっていて、いつの日か奇妙な関係性が生まれていた。

東雲詩乃の感じる雛鶴日菜子は、自分の身の回りに起きた些細な出来事は常に冷めた目で見つめているけれど、自分の好きなものや興味のあるものにはとことん関心を見せ、好きなものはハッキリ好きだと言える、そんな女の子だった。

東雲詩乃は自分のことを何でも興味を示す、好奇心旺盛な人間だと分析している。けれどその中で突出して一番だと言えるものは何もないと自覚していて、だから自分の好きなものを心の赴くままに享受できている日菜子のことが、美しいと思っていた。東雲詩乃という女の子は、悪く言えば自分がないのだ。けれど彼女にも、胸を張って好きだと言えるものが一つだけあった。それは自分を変えるきっかけをくれた、麻倉朝陽その人だった。いつも彼女の思考の中心には、彼がいる。

雛鶴日菜子の感じる東雲詩乃は、人の汚い部分を削り落として丸めた、いわば菩薩のような人間だった。きっと彼女の瞳に映る世界は全てが輝いていて、それは送られてくるメールの文面からも滲み出ている。汚れを知らない美しさが、羨ましくもあった。

雛鶴日菜子の一番嫌いなものは自分自身であり、そんな自分を変えたいと思っている。けれど十数年生きて形成されてきた自分の趣味嗜好や性格なんて、簡単に変えられるわけもなく、ただ劣等感だけが降り積もっていた。

お互いが、お互いの足りないものを持っている。東雲詩乃は雛鶴日菜子のような人間になりたくて、雛鶴日菜子は東雲詩乃のような人間になりたいと切望していた。

　春が過ぎ、夏が訪れ、それと同時に高校最後の夏休みがやって来る。東雲詩乃は数年前の出来事を思い返しながら、あの日の恩返しをするべく彼のことを捜し続けた。そうして再会した彼は、きっとあの日から見た目も背格好も大きく変わってしまったのだろうけれど、本当は初めて朝陽をこの目で見た時から、この人で間違いないのだと確信していた。彼は決して詩乃のことをあの日の彼女だと認識することはできないし、それがまた悲しくもあったけれど、ちゃんとあの日の出来事は覚えてくれていた。
東雲詩乃にとっては、それだけでよかったのだ。

　果てしなく続く人生の中の、とても短い、一瞬とも言える間の邂逅。あの日の真実を、いずれ朝陽にも話すことになる。

　麻倉朝陽の記憶と、東雲詩乃の秘密。それら全てを明かした時、東雲詩乃はもうこの世からいなくなる。そんな儚（はかな）げなことを詩乃は考えたが、それでもいいと思えた。
最後に、最愛の人に会うことができたのだから。

後編

今日も東雲に起こされ、さぼることをせず一緒に登校し、補習を終えた後、結局昨日行けなかったドーナツ屋に足を運んだ。そこは全国チェーンの誰もが知っている有名なお店で、僕らと同じく学校帰りの学生たちでテーブル席が溢れ返っていた。

そんな光景を見て「もう少し空いてたらよかったね」と感じたことを素直に発言したが、対する東雲は「賑やかな方が、私は好きかも」と周囲を見回しながら笑顔で言う。目の前には数名の列ができていて、注文をするにはまだ時間がかかりそうだった。

「どうして？」

「誰かの幸せな姿を見てると、私も元気になるから。そういう時ってない？」

前向きな発言をしている眼鏡を掛けた今日の東雲は、きっと調子がいい。何となくわかってきたことだが、昨日『少し濁ってるぐらいが、私にはちょうどいい』と言っていた彼女は、眼鏡を掛けている時はそれなりに元気な時なのだ。気分の浮き沈みが激しいと言っていたのも、きっとそういうことなのだろう。

「東雲が言ってることも分かるけど、それでも僕は、静かな場所でゆっくり食べたいかな。人がたくさんいると、ちょっと息が詰まる」

「朝陽くんって、日菜子ちゃんみたいなこと言うんだね」

「雛鶴さんって、そんな感じの子なの？」

「うん。ちょっと朝陽くんに似てるかも」

僕が自分の友達に似ていることが嬉しかったのか、東雲は友達に向けるような親しみを込めた笑顔を浮かべた。そんな些細なことに、僕は好きだという気持ちを刺激され、ごまかすように話題を変える。

「何食べる？　早めに決めとこうよ」

「そうしよっか」

それから僕らは、ショーケースをふたりで眺める。けれど僕はもう、今日食べるものは決めていた。昨日、東雲が好きだと言っていたオールドファッションと、シュガードーナツ。凝った味付けがなくシンプルだから、毎回選択肢から外れがちだけれど、熱弁する彼女の姿を見て興味が湧いたのだ。

いろんな種類のドーナツに目移りしている東雲は、僕とは違ってなかなか決めきれずにいた。フレンチドーナツもいいけど、チョコレート味も食べたい。ポンデドーナツのいちご味も捨てがたいなぁと呟いていて、まるでドーナツ屋に初めて訪れた子供みたいだった。僕はさりげなく「オールドファッションは？」と訊いてみる。けれど彼女は考え込むように眉を顰(ひそ)めた後に「今はオールドファッションの気分じゃないかなぁ」と呟いた。それならばと、僕は別の提案をする。

「気になるの、とりあえず一通り買うのもいいんじゃない？」

「えぇ、そんなに食べたら太っちゃうよ」

「ほら、ドーナツって丸いし、穴が開いてるからカロリーゼロじゃん」

昨日言った東雲の冗談をそのまま返すと、彼女は驚いたのか目を丸めた後「朝陽くんって、面白いこと言うんだね」と笑ってくれた。僕は、それが嬉しかった。

「食べきれなかったら僕も食べるからさ、それに持ち帰りもできるし。とりあえずたくさん頼もうよ」

「あっ、それとは別にね、持ち帰りたいのもあるの」

「そうなの？」

ドーナツばかり食べたら本当に太ってしまいそうだが、こういう所にはたまにしか来ないため、僕は目をつぶることにした。そんな話をしているうちに、僕らの順番はやって来て、店内で食べるドーナツを数種類、それから東雲はお持ち帰り用に「オールドファッションとシュガードーナツを二つずつください」と言った。やはり自分の一番好きなものは食べたいようで、僕はひそかに笑みをこぼす。店員さんがドーナツを取り分けている時に、東雲は嬉しそうに言った。

「勉強すると疲れるから、おみやげにしようね」

彼女の気遣いが嬉しかった僕は「ありがとう」と言って、ドーナツの載ったトレーと、持ち帰り用の箱を代わりに持ち、空いている奥の席に座った。そうしていただきますと言って食べ始めると、東雲はまず初めにフレンチドーナツから手を付け始める。

一口目から幸せそうな顔を浮かべる彼女を見て、一緒に食べることができてよかったとあらためて思った。

次にチョコファッションを手に取ると、彼女は綺麗な瞳でドーナツの輪っかをのぞき込み、こちらを見つめてきた。

「ドーナツって、どうして穴が開いてるのかな」

「どうしてだと思う？」

答えを知っていた僕は、あえてそんな風に意地悪をしてみると、チョコファッションの空洞をのぞき込みながら考えはじめる。そうして導き出した答えは、僕の予想していたものとは大きく違っていた。

「目には見えない大切なものが詰まってるから？　きっと幸せなものが詰まってるから、ドーナツは美味しいんだと思う」

そんな風に純粋なモノの見方ができる東雲を、僕は素直に羨ましいと思った。きっと今みたいな柔軟な発想は、大人になるにつれて、現実を知るとできなくなっていくものだから。

例えそんな発想ができたとしても、それは間違ったものだと訂正されてしまう。馬鹿にしているわけではないが、僕は彼女のその考えを汚したくはないから、本当のことを教えずに、曖昧な答えを返すことで受け流した。

「その穴があるのとないのとでは、ドーナツの美味しさが結構違ってくるんだって。だから、東雲の言ったことは正解だよ」

「本当？　やった！」

嬉しそうにはにかんだ東雲は、満足したのかチョコファッションにかぶりついた。そうして食べ進めていくうちに、案の定お腹いっぱいになってしまった東雲の分を、代わりに僕が消費する。申し訳なさそうにしていたけれど、ちょうどお腹が空いていた頃合いだったから気にはしなかった。他愛もない話を続けながら食べ進めていると、いつの間にかトレーの上に載っていたはずのドーナツは全てなくなっていて、満足感で胃が膨れる。楽しい時間は、あっという間に過ぎ去ってしまった。

「それじゃあ帰って勉強の続きしよっか」

その東雲の提案で、僕らはドーナツ屋を後にする。バスに乗って、家路を歩きながらふと思う。今は東雲が僕の家に泊まっているから、四六時中ずっと一緒にいられるに等しい。けれど彼女には彼女の日常があるし、夏が終われば地元へ帰らなければいけない。僕らはまだ学生だから、学校へ通わなければいけない。それは仕方のないことで、わかってはいるけれど、この時間は限られたものだということを、強く自覚させられた。

隣で東雲は、スマホの画面を楽しそうに右の人差し指で叩いていた。

夜ご飯の後も、勉強をしている僕のことを、東雲は隣で見ていてくれた。数学の問題を解きながらぼんやりと彼女のことを考えていると、連立方程式の解き方を間違えていることに気付く。それを見ていた東雲は「ここから間違えてるね」と、しっかり指摘してくれる。確かに、東雲の指摘した箇所から、式の計算が崩れていた。

「東雲って、頭いいよね」

「そんなことないと思う」

謙遜（けんそん）をする彼女は、それと同時に大きなあくびをした。きっと、とても眠いのだろう。そろそろ、勉強を切り上げなければいけない。そう思って、今間違えた問題の答えを解いて、ノートを閉じた。

「もうやめるの？」

「うん。眠くなってきたから」

「そ」

「昼間に買ったドーナツ食べるの、明日にする？」

ドーナツという言葉に反応をした東雲は、落ちかけていたまぶたをかろうじて持ち上げて「やっぱり今食べたい」と言った。

それならばと、机の上にあるドーナツの箱を開ける。

「あ、オールドファッションだ。私これにする」

迷わずそれと決めたということは、今はオールドファッションが食べたい気分なのだろう。僕は持ちやすいようにと、紙ナプキンに包んで渡す。東雲は柔らかな笑顔を浮かべて「ありがと」と、お礼を言った。

それからいつもより小さい口でドーナツをかじる彼女は、さっきの僕の発言に思うところがあったのか、言葉を補足してきた。

「勉強は、人並みにできるだけ。入院してる時に勉強してたから。本当は、学校辞めちゃいたかったんだけど」

「どうして？」

「病気なんて、治らないって思ってたから。それなら頑張って学校通う意味、ないと思ったの」

東雲はそう感じていても、結果的に勉強をするのをやめたりしなかった。それはきっと、諦めたくなかったからなのだろう。まだ進む意思があって、本当は病気に負けたくなかったのかもしれない。

それから呟くように、東雲は僕に質問を投げた。

「ねぇ。本当は、なんで学校なんて通わなきゃいけないんだろうね。もしできるなら、誰かに代わってほしい」

初めて一緒に勉強をした日、東雲は僕が前向きになるきっかけをくれた。けれど実はずっと、同じ悩みを抱えて生きていたのかもしれない。そんな彼女に弱みを見せてしまった自分は、とても弱い人間だった。

だからあの時の恩返しをするために、僕は自分の本心を伝えた。

「なし崩し的だけど、それでも僕は自分の選んだ道を、なかったことにしたくはない。選ばなきゃよかったって、思いたくない。たぶん今は、そう考えてる。学校に通う意味は、これから見つければいいんじゃないかな」

その僕の言葉が、彼女に届いていたかは分からない。気付けば東雲はドーナツを持ちながら、安らかな寝息を立てていた。幸せそうに眠る彼女に薄手のブランケットを掛けてあげると、微かにまぶたを動かしたのが分かった。けれどそれで起きることはなく、糸が切れたように床に横になった。

このまま自室に東雲を寝かせて、僕はリビングで寝よう。

そう思ってドアに向かった僕のことを、断続的に続くスマホの振動音が引き止めた。それは僕のスマホではなく、彼女の隣に置かれていたピンク色のスマートフォン。着信はメールではなく電話なのだろう。それがなかなか切れることはない。振動音で東雲が起きてしまうかもしれないと思い、床に落ちているスマホを手に取ると、ふいにそこに表示されている発信者の名前を見てしまった。

目をこすってみても、そこには、【雛鶴乃々】という名前があった。読み間違えるはずもない。乃々という女の子が妹であるなら、どうしてそこに表示されている名前が、〝東雲乃々〟ではないのだろう。そんな当然の疑問を抱いていると、向こうが諦めたのか着信は途絶えた。そうして待ち受け画面に表示されたのは、目の前で眠っている彼女と、彼女によく似た、まるで妹のような女の子の写真。

僕は、すぐ側で気持ちよさそうに眠る彼女のことを見遣る。

雛鶴乃々。

やっぱり、彼女は何か大事なことを隠している。今まで鮮明だと信じてきた彼女の像は唐突に歪んでいき、何が真実で、何が冗談なのか、分からなくなってきた。

「君は、いったい……」

君はいったい誰なのか。友達だと言った、雛鶴日菜子なのか。どうして、そんな嘘をつく必要があったのか。僕たちは、本当に昔に出会っているのか。聞きたいことは、山ほどあった。けれどそれを聞く勇気は、今の僕にはない。この自覚してしまった恋心が、抱いてはいけないものだったのだとしたら。全て彼女の演技の、まやかしだったとしたら。それを思うと、真実を明らかにすることに強い抵抗を覚えた。

「雛鶴、乃々……」

何も知らないままの僕でいたかった。けれど何も知らないままじゃ、何も変わることなんてないのだろう。

それから僕は、部屋を出てリビングのいすに座って物思いに耽（ふけ）った。これからどうすべきなのか。僕はいったい、どうしたいのか。考えても考えても、その答えが出ることはなかった。そしてその日の僕は、リビングでほとんど一睡もすることができずに次の日を迎えた。

日が昇ってきて少し経った頃に、限界が来た僕は数十分うたた寝していたようだ。起きてきた母さんが僕の肩を揺らしたことによって、目が覚めた。こんな所で寝るなと注意されて、僕は寝ぼけながら謝る。起きた時、あの昨日の出来事は夢であってほしいと願ったけれど、未だ鮮明に覚えているあの記憶は、偽物なんかじゃない。スマホに表示されている名前は、やはりどう考えても見間違いじゃなかった。

それから遅れて亜咲美がリビングへやってくると、僕の所へと詰め寄ってきて開口一番に「水族館へ行こう」と言った。僕が首をかしげると、問答無用とばかりに「詩乃ちゃんにも言っといて」と命令される。幸いにも今日は補習のない日ではあるが、行くか行かないかは東雲の意思決定で決まる。部屋へ起こしに行くのも気まずいなと思った僕は、どうしようか思案する。しかしその必要もなかったようで、眠そうな目をこすりながら、東雲がリビングへとやって来た。

「詩乃ちゃん、今日は水族館ね」

「すいぞくかん？」

「三人で行くの」

まだ行くと一言も言っていないが、姉の中ではもう決定事項となっているらしい。僕は小さく肩をすくませる。東雲はこちらを真っすぐに見つめていたようで、とても行きたいというオーラを隠しきれていなかった。結局僕は「じゃあ、三人で行こうか」と折れてしまう。彼女はいったい誰なのか。そんな疑念が心の中を渦巻いているけれど、東雲の好奇心旺盛な興味を削ぐようなことは、さすがの僕にはできなかった。

「というより、なんで水族館なんだよ」

「魚になりたいから」

「どうしてお魚さんになりたいんですか？」

そんな純粋な疑問を東雲が投げかけると、亜咲美は唇を尖らせながら寂しそうな眼をして言った。

「何も考えずに泳ぎ続けられるのって、幸せなことだと思うの。最近、いろいろ思い悩んで疲れたから……もし生まれ変わったら、お魚さんになりたい……」

つまるところ、失恋して落ち込んでいるからストレスを発散したいのだろう。それで僕を巻き込むのはやめてほしいと思った。同情はするけれど。

東雲は一度部屋へ行き、しばらくしてから眼鏡をかけて私服に着替え、戻ってきた。準備を済ませた僕らは、亜咲美の運転する軽自動車の後部座席に乗りこんだ。昨日のことがいちいち脳裏をよぎる僕は、正直あまり彼女の側にいたくはなかった。決して嫌いになったわけではないが、今は考えをまとめる時間が欲しい。けれどそんな時間すらも与えてくれず、車は亜咲美の運転で走り出す。

「楽しみだね」

東雲はこちらを向いて笑みを見せてくる。僕は寝不足と不安がない交ぜになった表情で「そうだね」と言って、苦笑いを浮かべることしかできなかった。


道中、またスマホを一生懸命ポチポチ叩いている彼女は、いったい誰にメールを打っているのだろう。彼女は東雲詩乃ではなく、雛鶴日菜子である可能性が高い。それならば、彼女は東雲にメールを打っているのだろうか？　どうして、そんなことをしなければいけないのだろう。東雲詩乃が、僕の前に現れればいいだけの話なのに。それとも何か、会えない事情があるのだろうか。

昔出会った車いすの女の子は、僕の隣に座っているこの子ではない。絶対に違うと言い切れるから、この記憶に偽りはない。考えのまとまらない僕は、無数のもしかしてを考えてしまう。すぐ隣にいる彼女に、聞けばいいだけの話なのに。

車が高速道路に乗った時、僕はふいに彼女に話しかけていた。

「ねぇ、東雲」

返事は返ってこない。彼女は必死に一生懸命右の人差し指で、スマホの画面をタップしていた。

「誰にメールしてるの？」

もう一度そう訊ねると、東雲は一瞬ピクリと反応を示し、タップする指を止めて、メールの相手を教えてくれた。

「日菜子ちゃんだよ」

「乃々さんとはメールしたりしないの？」

「えっ、乃々ちゃん？」

不思議そうな顔でこちらを見つめてくる彼女は、同時に何かを考えているようにも見えた。僕はもしかして、何かおかしなことを言ったのだろうか。けれど勝手に一人で納得したのか、彼女は一人で頷いていた。

「乃々ちゃんとはメールしないよ」

「どうして？」

「向こうが気を遣ってくれてるからだと思う」

そんな意味深な返しをした彼女は、再びスマホの画面を叩き始める。けれど思い出したかのように、補足説明を入れてくれた。

「あと、メールがあんまり好きじゃないんだよ。乃々ちゃんは」

「そうなんだ」

「顔が見えないから、何考えてるか分かんないんだって」

確かに僕も、できるならば直接会話する方が都合がいい。文章だけだと、相手は怒っているかもしれないと、余計な不安を抱いてしまうから。

「雛鶴さんとも、メールじゃなくて電話で話せばいいのに」

「日菜子ちゃんにも、電話できたらいいんだけどね」

「できないの？」

すると彼女は再び考え込むように文字を打つのをやめ、しばらくした後に言葉を選ぶように口を開いた。

「ちょっと、朝陽くんにも言えない複雑な事情があってね」

それってどういう……そう言って再び質問しようとした僕に、運転している亜咲美が割り込んできた。

「こら朝陽。乙女の秘密に土足で踏み込んだりしないこと」

「私は全然気にしてませんよ」

「私が気にするの」

亜咲美は関係ないだろと思ったが、確かに不必要なことを聞き過ぎたかもしれないと反省した。

「そういえば私、ずっと亜咲美さんに聞きたかったことがあったんですけど、いいですか？」

「何なに、どうしたの？」

メールを打ち終わったのか、彼女はスマホの電源を落としてから運転している亜咲美に質問する。

「どうして、お医者様になろうと思ったんですか？」

そんな亜咲美を形作る根幹のような質問を、しかし僕は今まで投げかけたことがなかった。いつの間にか姉が医者を目指していることが、家族の間でもそれほど特異なこととして扱われなくなっていたから。だからその質問は僕にも興味があった。そうして亜咲美は、特に悩みもせずにスラリとそれを答えて見せた。

「昔、旅先で車いすに乗った女の子に出会ったんだけどね。私はその子にどう接するべきなのか分からなくて、何もしてあげられなかったの。子供の頃の私にとって、言い方は悪いけど、自分と違う人は少し怖いと思ってたから。私はとても小さい人間だってことが、身にしみて分かった。そんな私を変えたくて、今度は誰かのことを助けたいと思ったの。それが、一番初めの動機」

直接言葉にしなくても、亜咲美が旅館で出会った車いすの女の子のことを言っていることは、なんとなくだけど分かった。

「立派なんですね」

「全然立派じゃないよ」

「私は、尊敬します。きっとその女の子が聞いたら、嬉しく思いますよ」

そう言って、自分のことのように笑顔を浮かべた彼女に、亜咲美はどこか複雑な笑みを浮かべる。

「でも私はまだ、誰も救ってない。救えてない。朝陽の方が、もっとずっと立派なの」

「なんで僕？」

僕は不真面目だし、高校を卒業できるかも怪しいのだ。それに高尚な夢があるわけでもない。どこの誰が比べても、立派なのは口を揃えて亜咲美だと言うだろう。

不出来な弟を持ち上げるために、気を遣って言ってくれたのだろうか。それ以降、亜咲美は特に何も話しをしなかった。けれど隣に座っている彼女が、亜咲美の言葉を補うように話してくれた。

「その人に自覚はなくても、支えになっていたり救われている人がいるんだよ。それは決して目には見えないけど、大切なことなんだと思う。特別頭の中に残るものじゃなかったのかもしれないけど、それでも、相手にとっては一生忘れられない、忘れることのない思い出なんだよ。きっと」

もし彼女の言ったことが正しいのならば、僕は昔、誰かのことを無自覚に救ったことがあるのだろうか。思い返してみても、分からない。分かるはずもないことなのかもしれない。それは僕にとってはごく普通の、ありふれた日常の一コマだったのだから。もしかするとこの世界は、目には見えない人の善意で回っているのかもしれない。人は大きくなるにつれて、いろんな物事の本質が見えるようになってしまって、本当に大切なものが見えなくなっているのだろう。

「詩乃ちゃんは、水族館で何が見たい？」

亜咲美が話題を変えると、彼女は少し迷った後に「ペンギンが好きなんです。見てみたいな」と答えた。よちよち歩いている姿を生で見たいらしく、楽しみにしているのか、いつもより心が弾んでいるように見えた。けれど水族館に着く前に疲れてしまったのか、赤い眼鏡を外してウトウトし始める。それからしばらくすると、亜咲美がやや強引に道のカーブでハンドルを切ったせいで、眠っていた彼女がこちらへと倒れ込んできた。小さな肩が僕の左肩にぴとりと触れて、けれど彼女は起きたりしない。スヤスヤと、小動物のように気持ちよさそうに眠っていた。

水族館に着いても彼女は寄りかかったまま目を覚まさなかったから、僕は肩を小さく揺らして起こしてあげる。うっすらと開くまぶたの内側にあるそれは、やはり僕にはとても美しいもののように映った。

「詩乃ちゃんが起きて残念だったね」

「からかうのはやめてよ」

にやにやと笑う亜咲美のことを睨みつける。今しがた目を覚ました彼女は、一度大きくあくびをした後に「……ここどこ？」と呟いた。僕が水族館に着いたことを伝えると、彼女は状況整理のために眼鏡を外して周りを見渡した後、ようやく現状を理解したのか、先ほどよりもハッキリと目が開いた。それから車の外に出ると、水族館のすぐ近くに海があるためか、大きな潮風が吹きつけた。彼女は風でなびく髪を鬱陶しそうに押さえつけながら、眠っていた時もずっと握っていたスマホの電源を入れた。おそらくメールを確認しているのだろう。

「雛鶴さんから、返信来てた？」

彼女のことを雛鶴日菜子かもしれないと疑っている僕にとって、それはとても白々しい質問だった。答えを知っているかもしれないのに、それを問いたださずに彼女の演技に乗る。現状維持を続けようとする自分のことを、とても滑稽（こっけい）だと自虐的に思う。

「届いてたよ」

それから彼女は俯いてしばらく黙った後に、何かを押し殺しているかのように唇を噛みしめてから「水族館楽しんできてね、だって」と言った。その顔が車に乗っていた時よりも沈んでいるように見えたから、「大丈夫?」と具合を訊ねる。彼女は深く息を吸った後に「別に、体調は悪くない」と返した。メールをしている相手に何かがあったのかと思ったが、それを僕が知る術はない。

僕はきっと、不安げな表情を浮かべていたのだろう。彼女が何を悩んでいるのか分からなかったから、何と声をかけたらいいかも思い浮かばない。そんな気まずい空気を察したのか、彼女は「ごめんね、突然素っ気なくなって。水族館は楽しみだから、頑張って明るくなるね」と言って無理をするように笑う。別に、そんなことをしなくてもいい。笑うことは、無理をしてまですることじゃないから。だからできるだけ彼女には自然に笑ってほしくて、僕は気の利いた話題を探した。

「今日は風も気持ちいいし、海で泳いでみる?」

そんな風にふざけた僕のことを、すぐ近くにいた亜咲美が冷たい目をたたえながら見つめてくる。正直今すぐ発言を取り消したいほど恥ずかしかったが、東雲は白けた態度を見せずに、むしろ小さく笑ってくれた。

「せっかく水族館に来たんだから、お魚さんたちと一緒に泳げばいいと思うよ。サメの水槽とかどう?」

「いや、それは普通に食べられて死んじゃうよ……」

「でも水族館のサメって、大人しい種類が多いってテレビで見たよ。頑張って泳げばお友達になれるかも」

「お魚は遠くで眺めてるくらいがちょうどいいかな」

そんな身のない会話を続けていると、彼女の気分は先ほどより幾分かは楽になったのか、肩の力が抜けているような気がした。

「あんたたち、仲いいね」

僕が首をかしげると、亜咲美は意味ありげに口元を歪めて笑ってから「あぁ、そういうことね」と、勝手に納得したのか車の鍵を閉めた。それから東雲に対して、何でもないことのように質問をする。

「詩乃ちゃんは、朝陽のことどう思ってる？」

「はぁ？」

突然意味の分からないことを言い出したから、僕は勝手に顔が熱くなるのを感じた。なんで今そんな話になるのか、わけが分からない。

「それは、私が朝陽くんのことをどう捉えているかってことですか？」

「そういうことでいいよ。君が考えていること」

彼女の言葉を聞きたくない僕は、今すぐ耳を塞いで逃げ出したかった。けれどそんなことはできなくて、水族館の駐車場に足が張り付く。予想に反し、彼女はそれほど長い時間考えることもなく、僕とは違って、至っていつも通りの平坦な声で、亜咲美の質問に回答をした。

「鏡を見ているみたいです」

「そっかぁ」

二、三回納得したように亜咲美は頷くと、それ以上何も追及しなかった。僕もそれ以上彼女が考えている真意を知るのが怖くて、黙ったままでいた。

夏休みだからか、水族館は親子連れやカップルで賑わいを見せていた。どこを見渡しても人の群れで、館内にいるお魚よりも数が多いんじゃないかというほどだった。受付でチケットを購入して中へ入ると、すぐ隣を歩いていた東雲の足取りが重くなっていることに気付く。対照的に、亜咲美は子供みたいな軽やかな足取りで、ずんずん僕らの前を歩いていた。

「大丈夫？」

車の中では元気だったのに、突然気分が落ち込んだことが心配になって訊ねると、彼女は眉を顰める。

「あんまり人混みが得意じゃなくて……」

「あぁ、何となく分かるかも」

「私ゆっくり見て回るから。朝陽くん、亜咲美さんと一緒に先に行って来ていいよ」

「先に行くわけないだろ」

心の中で思ったことが、考えるよりも先に言葉に出てしまった。ハッキリと口にしたことが少し恥ずかしかったけれど、それより同時に心に複雑な気持ちを抱いていることに気付いた。

「……私なんかといるより、亜咲美さんといる方が絶対楽しいと思うけど」

楽しいとか、楽しくないとか、そんな問題じゃない。それを彼女は分かっていないのだ。僕は一つため息をついて、先を行く亜咲美に事情を伝えた。彼女のことを心配してくれたが、亜咲美まで巻き込むと余計な申し訳なさを抱いてしまいそうだったから、ゆっくり見て回ることを伝えた。事情を理解してくれたのか、亜咲美は「詩乃ちゃんのこと、気遣ってあげなさいよ」と言って歩いて行った。

東雲の元へ戻ると、彼女はとても分かりやすく申し訳なさそうな表情を浮かべる。

「本当に、ふたりで行ってもよかったのに」

「僕が決めたことだから」

それから彼女はまた気分を沈めて、自分を責めるように言った。

「私、人の幸せを奪ってるような気がして、申し訳ない……」

　それは違うと言いたかったけれど、言葉にすれば彼女のことを好きだと認めているような気がして、理性がそれを抑えた。この気持ちは、彼女に伝えちゃいけない。伝えてしまえば、全てが終わってしまう気がするから。だから僕は、その言葉を飲み込んだ。彼女といるだけで、僕は幸せを感じられるのだという言葉を。

「ゆっくり行こう。東雲のペースで」

　僕はそう言って、彼女の歩幅に合わせて歩き始めた。

　壁に埋め込まれた小さな水槽の中で、オレンジ色に白の直線模様が入ったカクレクマノミと、青色にしっぽの黄色がトレードマークのナンヨウハギがゆったりと泳いでいる。イソギンチャクがゆらゆらと揺れていて、上から差し込む照明が幻想的な空間を生み出していた。そんな綺麗な水槽の前で、僕らはかれこれ二十分ほど立ち止まっている。先ほどから彼女はしゃがみ込んで、カクレクマノミをジッと見つめていて、一歩も動こうとしない。

「退屈じゃない？」

　カクレクマノミを見ながら、東雲は僕に訊ねてくる。僕は彼女と一緒にいられるだけで、不思議とその行為に飽きがこなかった。

「別に、大丈夫だよ」

「そう」

「君は退屈じゃない？」

「私、こういうのずっと何時間でも見てられるから、平気」

イソギンチャクに張り付いているカクレクマノミを見ていると、しばらくしてから再び彼女は口を開いた。

「ごめんね。さっきは」

「なんで謝るの」

「怒ってたでしょ？」

僕の心を見透かしたように、彼女は言う。そんな気持ちを抱いているとは思わなかったが、ハッキリと言われてしまって、僕はもしかすると怒っていたのかもしれないと、あらためて考えてしまう。

「分からないけど、モヤモヤはした」

「そうだと思った。私、人の機微にはちょっと敏感だけど、相手のことを考えられない時があるから……傷付けてたら、ごめんね」

「いや」

傷付いてなんていない。そんなことで傷付くなら、初めから彼女のことを好きになんてなっていないから。

「僕は全然傷付いてないよ」

「でも、不快にさせるようなことを言っちゃったなって、後から気付いた」

「そういうの、相手の受け取り方次第だと思う。僕は傷付いてない。そう思ってるから、ただのいつもの会話だったんだよ」

けれど彼女が、自分が悪いことをしたと思って謝ってくれたから、僕もあの時思ったことをちゃんと伝えなきゃいけないのだろう。

「僕は君がいなかったら、亜咲美からのお誘いを断ってたと思う。だから君が休憩したいって言うなら立ち止まるし、進みたいって言うなら一緒についていくよ。けれど辛い思いをしてる相手に、置いて行ってと言われて、本当に置いて行くような人にはなりたくない。そう思っただけ」

もし叶うのなら、今この瞬間がずっと続けばいいのにと思った。そうすれば、誰の目も憚ることなく、いつまでも一緒にいられる。綺麗なものだけを、ずっと見ていられるのに。

「……ちょっと、嬉しいなって思った」

そう囁く(ささや)ように、彼女は言った。

「たぶん一人で見てたら、寂しくて余計に落ち込んでたかも」

「じゃあ、一緒にいられてよかった」

そんな歯の浮くようなセリフも、なぜか今だけは感じたままに言うことができた。きっと後から後悔するのだと思うけど、今は後悔なんて何も感じなかったから、それでいいと思った。

それから彼女はようやく腰を持ち上げて、小さく腰をそらせる。

「もうこの水槽はいいの？」

「ずっとこのお魚さんたちを見てたら、お魚さんになりたいなって思っちゃうから。水槽の中って、居心地がよさそう」

「じゃあ今度はペンギンでも見に行ってみる？」

ずっと薄暗い館内にいたから、外へ出て日の光を浴びながら、彼女が大好きだと言ったペンギンを観賞するのもいいと思った。けれど彼女はまたしばらく考えた後に、先ほど通った道を振り返る。

「そんなことより、アイスクリームが食べたい」

「え」

「さっき飲食コーナーで見たの。金箔（きんぱく）が載ってるんだって」

水族館へ来たのに、そんな彼女のマイペースさに僕は苦笑した。

「じゃあ、ちょっと休憩しようか」

お互いに同意した僕らは、元来た道を引き返して飲食スペースへと向かった。そこでアイスクリームを買って、ついでにと彼女はたこ焼きも購入する。どうやら普通にお腹が空いていたみたいで、食欲がちゃんとあることに僕は安心した。水族館に来て、イルカのショーもペンギンも見ずに、今のところカクレクマノミとナンヨウハギを数十分観賞してご飯を食べているだけだけど、それでも僕は心の底からここへ来てよかったと思えた。アイスクリームを口に含んで、とても嬉しそうな表情を浮かべる彼女のことを見られるだけで、僕は幸せだった。

軽く食事を済ませた僕らは、それから自由に館内を散策していると、とあるイベントスペースを見つけた。それは紙の上に自由に魚を描いて、その描いたお魚をスクリーンに映る架空の水中に投影して楽しむイベント。『ペイントアクアリウム』と言われるそれは、珍しく彼女が自分から「やってみたい」と言って乗り気だった。だから何も迷うことなく、そのイベントスペースに立ち寄ることにした。

大きな横長のスクリーンがある空間の中央に、縦長の机が置かれている。そこで水性のマジックを使って、紙に絵を描くようだった。彼女は中央に置かれているペン立てから迷いなくオレンジ色のマジックを取り出し、左手でそれを持ちながら紙に魚を描き込んでいく。僕はそんな彼女の姿を見て、あることに気付いた。

「君って、左利きなんだね」

勉強をしている時は、僕が間違えた所を口頭で説明するだけだったから、ペンを握ったところを一度も見たことがなかった。

「お箸だけは右で持ってるよ」

「器用なんだね」

「使いやすい方を使ってたら、こうなっただけ。一応、お箸も左手で持てるんだけど」

左手を器用に使って魚を描いていく姿に、僕はしばしの間見惚れてしまった。彼女は何の迷いもなく、狂いもなく堂々と滑らかな線を引き、出来上がった下絵に色を塗っていく。それが先ほどまで見ていたカクレクマノミだということを、きっと誰もが理解できるだろう。彼女の描いたカクレクマノミの絵は、本物と見間違えるほどのクオリティだった。

「すごいね、絵上手なんだ」

興奮気味に話す僕の紙の上には、未だ何も描かれていなかった。彼女の左手が紡ぐ絵に、夢中になってしまっていたからだ。ずっと僕が見ていたことに気付いた彼女は、少し照れたように頬を指先でかいてから、謙遜するように言った。

「こんなの、練習してたら誰でも描けるようになる」

「いや、僕には無理だよ。誰かに絵を習ってたの？」

「ううん。入院してる時、暇だったから勉強の合間に描いてただけ」

独学で練習していたなら、きっと最初から才能があったのだろう。もっと彼女の描くいろんな絵を見てみたいと思ったが、今はゆっくりそんなことをしている時間はなさそうだった。僕は彼女と見たナンヨウハギの絵を描いたが、やっぱり彼女のように上手には描けない。何の種類の魚かも分からないほど杜撰な絵で、見せるのが恥ずかしかった。それなのに、彼女は隣から僕の絵をのぞき込んできて言った。

「上手に描けてる」

「いやいや」

どうしても比べてしまうから、余計に僕の絵が下手に見えてしまう。

「君の方がうまいよ」

「比べる必要なんてないよ。私は私で、君は君」

確かに、比べても仕方のないことだと思った僕は、彼女の言葉を素直に受け取ることにした。でも彼女の絵がうまいのは確かだ。その証拠に、彼女が描いたカクレクマノミがスクリーンに映し出されたとき、周りにいた子供たちに「本物のお魚が泳いでる！」と注目されていたから。さすがに大勢の人に自分の絵を見られて、なおかつべた褒めされてしまったから恥ずかしかったのだろう。僕の服の袖を掴んだかと思えば、俯きながら「恥ずかしいから、早く出よ……」と囁いた。そんな彼女に僕は苦笑して、一枚だけ彼女が描いたカクレクマノミを撮影する。それで満足した僕は、顔を赤くさせている彼女と外へ出た。

それから僕らは急ぎ過ぎず、ゆったりとしたペースで水族館を見て回った。彼女の正体が気になって仕方なかったけれど、今だけは気にしないことに決めた。きっと僕が思い悩んで落ち込めば、それを察して今度は東雲が落ち込んでしまうだろうから。

クラゲが泳いでいる円柱型の水槽は、カラーライトで照らされていてとても綺麗だったし、イルカのショーはまるで童心に帰ったかのように心がはしゃいでいた。隣に座っていた彼女もイルカが技を披露するたびに小さく手を叩いていて、落ち込んでいた時よりずっと笑顔になっていた。彼女にはいつでも、笑っていてほしい。今まで辛い思いをたくさんしてきただろうから、失った時間を取り返せるほど、いろんなものに触れてほしかったし、いろんな経験をしてほしいと思った。僕も、もし叶うのならば、彼女の隣でいろんなものに触れてみたかった。

けれど楽しい日々は、いつまでも続いたりしない。いつか、終わりがやってくる。東雲が調子を取り戻してきたため、僕らは一旦亜咲美と合流することに決め、近くの休憩場で待ち合わせをした。

「一つ、聞きたいことがあるんだけど」

そう言って、僕は隣でオレンジジュースを飲む彼女に、質問を投げかける。

「どうしたの？」

「君は、どこからここにやってきたの？」

すると彼女は茶化すように、笑みを浮かべる。

「実は私、一回死んでるから三途の川を渡ってここに戻ってきたの」

「一回死んでるはずなのに、ずいぶんと元気なんだね」

「そこは神様が慈悲をくれたんだよ。仕方ないから、もう一度現世で遊んできなさいって」

「ずいぶんと軽い神様だ」

「でも神様が本当にいるんだとしたら、結構軽い気持ちで奇跡を起こしたりするんだと思うよ」

「どうして？」

そう訊ねると、彼女は水平線に沈む夕日を眺めながら、どこかもっとずっと遠くを見つめるように言った。

「奇跡ぐらい起きないと、この世はありふれているものばかりで、つまらないからだよ。そこに深い理由なんてない。私たちは舞台の上に立つ演者で、物語を考えるストーリーテラーは別にいる。結局は、舞台の上で筋書き通りにお芝居をしているだけ。その神様のさじ加減で、私たちの人生は一八〇度変わってしまう。傷付いて、傷付いて、傷付き続ける人もいれば、簡単にハッピーエンドになる人もいる。ふざけてるよね」

　彼女が本当にそんな考えをしているのかは分からないが、どこか声に実感がこもっているように聞こえて、笑ったりすることはできなかった。

「ごめんね、こんな話して。引いたし、気持ち悪いよね」

　そう言って、彼女は引きつった笑みを浮かべる。僕は彼女に対して引いたり、気持ち悪いなんて微塵も感じなかった。たとえ冗談なんかじゃなくても、それは変わらない。

「謝ることないよ。例えば君の言うように、誰かの手のひらの上で踊らされていたとしても、僕は自分の選んだことには責任を持ちたいし、誰かに自分の人生を預けたりなんてことはしたくない。それに僕が物語を考えるなら、きっと最後はハッピーエンドにするだろうから。落ち込んでた時期も確かにあったけれど、今はその一つ一つにちゃんと意味があるような気がする」

　この水族館へ来たのも、亜咲美に半ば強引に連れて来られた面もあるが、最後は僕の意思で決めた。彼女と水族館を回ることにしたのも、僕が彼女を好いているからそう決めたのだ。全部、誰かに流されて決めたんじゃない。僕の意思で、決めたことだから。そしてそれは、彼女のおかげで得られた、僕の前向きな気持ちだった。

「……さっき、どこから来たのって言ってたけど、私は九州の方から海を渡って来たう」

「大変だったんだよ。でも一番初めに話しかけた人が君で、本当に運がよかったと思う」

「そんな遠くから来たんだね」

強引に話を変えられたが、僕は特に気にしなかった。

「あの時は、知らない女の子が僕のことを知ってて、本当にびっくりしたんだよ」

「今も、朝陽くんは私のことを思い出せない？」

「悪いけど、全く思い出せないんだ」

素直に言うと、彼女は薄く笑みを浮かべた。僕が思い出せないことを、楽しんでいるかのようだった。

「君は、本当は誰なの……？」

「私は東雲詩乃だよ」

違う。君は、東雲詩乃ではない。確証はないけれど、確かな自信があった。

でもやっぱり、頭では理解していても、僕にそれを暴くことはできない。けれどこの関係をどうにかしなければ、いつか彼女は僕の前からいなくなってしまう。少なくとも、夏が終わる頃には彼女は地元である九州へ帰るのだろう。

帰るべき場所が、明確にある。当たり前のことだけど、それを彼女の口から聞いただけで、僕は強い焦燥感に駆られてしまう。僕はいったい、どうしたいのだろう。どうするべきなのか。後悔しないように、生きていきたい。そう強く思っていても、きっと僕は自ら後悔する方を選ぼうとしてしまっている。

　思考が全然まとまらなくて、どうすればいいのか分からなくなっていた時、タイミングよく「遅れてごめん〜！」と亜咲美がこちらへとやって来た。きっと、もう少し亜咲美が来るのが遅ければ、僕はおそらく間違った方向に進もうとしていた。彼女に、告白していた。それだけは、理解できた。

「帰りは星を見に行こう」

　そんな亜咲美の気まぐれで、僕らを乗せた車は海を離れて山の方へと向かっていた。行き当たりばったりの姉に流されることを選んだ僕は、せめてもの抵抗で一つため息をつく。水族館を歩き回ることに疲れたのか、東雲はまた車の中でスマホのメールを打ちながら、ウトウト舟をこいでいた。そうして今朝と同じく、今度は山間部の大きなカーブによって遠心力に負けた彼女は、僕の肩へと寄りかかってきた。水族館へ行く時よりも胸の鼓動が強くなっていることに、僕は気付かないフリをした。

　亜咲美が車を停めたのは、山の中で偶然見つけたどこかの施設の駐車場で、あたりに明かりは一つもなかった。照らすのは車のライトだけで、それも亜咲美が切ったことによって、星明かりだけが地上を薄く照らす。東雲が起きた時に暗闇で驚かせてしまわないように、スマホの懐中電灯の機能で車の中を照らした。そうして肩を優しく揺すると、彼女はすぐに目を覚ました。

目を覚ましてもなお眠そうにしているのは、東雲の就寝時間が九時だからなのだろう。今はもう九時を少し過ぎてしまっていて、さすがの僕も少しだけ眠い。けれど星を見るのが楽しみだったのか、いつも通りスマホでメールの受信を確認してから、おそらく遠くが見えるようにと、彼女は眼鏡をかけた。

空を見上げると、いつもは明るくて見えないような星までくっきりと見えていて、僕はその美しさに目を奪われた。調べなくても分かるのは北斗七星(ほくとしちせい)だけだったけれど、きっと目に映る一つ一つの星にはちゃんとした名前があって、もしかするとそこには僕らみたいな生命体が住んでいるのかもしれない。そう考えると、なんだかとてもロマンチックだった。

「とっても綺麗だね」

隣にいる彼女へ、僕は同意を求める。子供の頃に見たペルセウス座流星群のように、いくつも流れ星が流れているわけではなかったけれど、いつもと違う場所で眺める星はとても美しかった。

しかし僕は、星を眺めることに夢中になっていて、すぐ隣にいる彼女の異変に気付いていなかった。確かに僕の耳に、洟をすする音が聞こえてきて、ようやく分かる。すぐ隣を見ると、彼女は無数の星が浮かぶ夜空を見上げながら、透明に光るしずくを瞳からこぼしていた。遠くにいる亜咲美は、彼女の涙に気付いてはいない。

「東雲、どうしたの？」

思わず訊ねると、彼女は人差し指で涙を拭った。彼女の涙を見たのは、僕が彼女のことを傷付けた時以来のことだった。

「……ごめん、ちょっと、嬉しくて」

「星を見られたことが？」

「ううん、ちょっと違う……」

涙で声を震わせながら、彼女は絞り出すように呟く。

「朝陽くんと星を見られたことが、嬉しかったの」

それから東雲は、心の底から幸せに満たされたかのような、夜空を照らすようなまぶしい笑顔を見せた。

「……僕と？」

「私たち、本当はずっと前に会ってるんだよ」

それは彼女から何度か聞かされたことだった。けれどそんな記憶は僕になく、何かの勘違いなんじゃないかと思い始めていた。しかし、閉ざされていたはずの記憶の扉は、彼女が何の前触れもなく、あっさりと開け放った。

「昔、旅館の中で。車いすに乗っていた女の子が、実は私だったの」

東雲の言葉が真実じゃないことぐらい、僕はすでに知っている。あの車いすの女の子は、彼女じゃない。目の前の彼女と、昔会った女の子は、容姿がまるっきり違うのだから。隣で未だうっすら泣いている彼女の目元に、〝ほくろ〟はない。彼女の顔は、何も混じることのない、とても綺麗な肌色をしている。僕は車いすの女の子と出会ったときに、遠目からほくろを見て、彼女が泣いているのだと勘違いしたのだ。それに、顔の形だって違う。あの車いすの女の子が、たとえ何年経っていたとしても、目の前の女の子と同一人物だなんて想像すらできない。だからそんなことはあり得るはずがないのに。

どうして彼女が、知るはずのないその記憶を持っているのか、僕には分からなかった。

けれど、もし彼女が本当に東雲詩乃で、あの頃の出来事を覚えていて、会いに来てくれていたのなら、これほどまでに嬉しいことは他になかった。僕の、最後に残った理性が壊れてしまうのも、仕方のないことだったのだろう。

「それでね、朝陽くん……」

「東雲」

僕は彼女の名前を呼んで、暗闇の中でまっすぐにその目を見つめた。彼女は何を言われるのか、かけらも想像できていないのだろう。話を遮られたことにきょとんとしていて、綺麗な瞳を丸めていることに気付いた。踏みとどまればよかったのに、止まることはできなかった。何もせずに後悔だけを積み重ねるのは、もう嫌だったから。たとえそれが、間違った選択だったとしても。

心臓の音が耳の奥まで響いてきて、なかなか言葉にするのが難しかったけれど、それでも僕は残った力を総動員して、彼女に思いを伝えた。

「僕と、付き合ってほしいんだ」

君と一緒に歩いていきたい。一緒のペースで、進んでいきたい。疲れた時は立ち止まって、些細なことで笑い合って。他に何もいらないから、ただ君といられることが幸せだったから、何も飾らない素直な思いを伝えた。

けれど案外彼女の反応は鈍く、いつも通り目を丸めることもなく、顔を赤くすることもない。ただ一度首をかしげてから、眉根を曲げて不思議そうに訊ねてきた。

「えっと、どこに？」

「え？」

そんな予想外の返しに、こちらが呆気にとられる。けれどすぐに、彼女が別の意味で受け取ってしまったのだということに気付いた僕は、その小さな肩を掴んで、もう一度言った。

「……君のことが、好きってこと」

きっと、僕の顔は赤くなっているのだろう。ここが星明かりしか照らさない夜空の下で、本当によかったと思う。そうしてしばらく無言が続いたけれど、彼女はだいぶ遅れてようやく反応を返してくれた。

「はひ？」

そんな意味不明な語彙を呟いた彼女が、顔を赤くして焦っているのが空気で伝わってくる。本音は、今すぐ答えを聞きたいけれど、ちゃんとした答えが聞きたかった僕は「返事は今すぐじゃなくていいから、真剣に考えてほしい」と伝えた。

その間にもあたふたしていた彼女は、僕の真剣さが少しは伝わって冷静になったのか、声を震わせながら「あ、あの、分かりました……」と敬語で答えた。

それから僕らは一言も会話を交わすことなく、帰りの車に乗り込んだ後も言葉を発することなく、ただ気まずい空気だけが車内に流れてしまった。

どこか重苦しい空気を察したのであろう亜咲美は、僕らに話しかけたりすることはなかった。

思いを伝える告白というものは、結局は自己満足であることが多いのだろう。少なくとも、舞い上がっていた時は感じなかったけれど、僕の彼女に対しての告白はおそらく、ただの自己満足だった。

自分の正体を隠して、一番大事なことを教えてくれない彼女のことを、僕は本当に何もわかっていない。それでも彼女と離れ離れになりたくなくて、後先を考えずに軽率な行動をとってしまった。本当は、してはいけない恋だったのかもしれないのに。

だって僕は、彼女が東雲詩乃ではないことを知っている。他の誰かだとわかっているのに、一旦自分の心を鎮めたいというエゴだけで、告白を行ったのだ。

結果僕は、今まで築いてきた関係性をぶち壊しにしてしまったのだろう。僕に会いに来てくれたという彼女の気持ちも踏みにじって。

昨日の夜、彼女は家に戻るとまっすぐ亜咲美の部屋に突っ込んでいった。僕と一緒の空間にいるのは、とても気まずかったのだろう。

「もしかして、詩乃ちゃんに告白でもしたの？」

家に入る前に、もう何もかもお見通しなのか、亜咲美は何げなくそんなことを聞いてきた。隠すことは無意味だと思ったから、素直に頷いた。すると亜咲美は僕の頭に手を置いて「男だね」と言って笑った。けれどすぐにその笑みを引っ込めて、彼女が入っていった家を見つめて言う。

「でも、朝陽の好きな女の子は、本当に東雲詩乃ちゃんだった？」

本当は、この気持ちは恋なんかじゃなかったのかもしれない。そう亜咲美は僕に問いたいのだ。僕でさえ、その答えが分からなくなっている。僕は本当に彼女のことが好きなのか。

今では、告白をしてしまった申し訳なさだけが、僕の心の中を漂っていた。

翌日、リビングで朝食を食べ終わっても彼女が現れることはなく、僕は制服に着替えて学校に行く準備をした。それから亜咲美が遅れて朝ご飯を食べに来るが、もう母さんも父さんも仕事に出かけたため、自分で食パンをトーストして食べ始める。

「詩乃ちゃん、まだ寝てるよ」

亜咲美は僕が聞こうとしていたことを見透かして、質問をする前に答えをくれた。

僕は勝手に一人で安堵する。きっと昨日の今日だから、疲れているのだろう。それから告白後の気まずさで、眠ることができなかったのか。起こすのも申し訳ないし、そもそも彼女と行かなきゃいけない理由もなかったから、僕は一人で補習へと向かった。

一人きりの通学路はとても退屈で、ふと彼女がいてくれればよかったのにと思う。きっと彼女が側にいれば、どんな退屈だって意味のあるものになる。この気持ちに、偽りなんてなかった。

彼女が毎日勉強を教えてくれるおかげで、僕はなんとか補習についていけるレベルまで学力が追いついていた。もうダメだと思っていたのに。いつか僕の成績がもうどうしようもないことを父さんが知って、補習へ行っていないことを怒鳴られて、家族に見放されてしまう。そんな悪い想像ばかりが膨らんでいた。本当はこんなことは自分で解決しなきゃいけない問題で、彼女に手伝ってもらうことではないけれど。だからこそ僕は彼女に心から感謝しているし、その恩をこれから少しずつ返していきたいとも思っている。きっとこの世界は、巡り巡って誰かのことを支え合いながら回っているのだろう。そんな当たり前のことも、僕は今まで知らなかった。

僕にとって東雲は、いつまでも同じペースで歩いていきたい相手だ。たとえ彼女が東雲詩乃じゃなかったとしても、きっとその答えが揺らぐことはない。それに気付けたことで、僕の迷いはいつの間にかなくなっていた。

学校が終わって自宅に戻りリビングへ向かうと、彼女がいすに座ってメールを打っていた。僕が遠慮がちに「ただいま」と言うと、彼女は僕に気付いて「おかえり」と笑みを向けてくる。

告白の返事は貰っていない。昨日の今日だから貰えるはずがないと思っていたけれど、こんなにも今まで通りに接してくる彼女に、僕は素直に驚いていた。少しは意識をしてくれてもいいのに。そう思うことが、自惚れなのかもしれないけれど、こんなにも全く反応がないということは、もう諦めてしまうべきなのだろうか。

楽しそうに自分の好きなものの話をする彼女を見ていて、それでも諦めることなんてできるはずがないと、心の中で強く思った。


告白から二週間が経過したが、未だに彼女からの返事はなかった。ちゃんと考えてくれているのか。それとも返事は察してほしいということなのかは分からないが、気になることはあった。それは彼女が普段通りにしている時もあれば、気まずそうに接してくる時もあること。彼女なりに僕への接し方を見つめ直そうとしているのか、それとも僕のことを意識してくれているのかは分からないけれど、僕の方が彼女とどう接するべきなのか測りかねる時が増えた。

でもそろそろ、本当にどうにかしなければいけない。何も起きない時がただ続いていけば、いずれ長い夏休みも終わってしまう。そうすれば、彼女と頻繁に会うことはなくなってしまう。もしかすると、もう二度と会えなくなるかもしれない。今の時代はスマホがあるから、連絡を取り合うことぐらいはできるが、ただの男女の友達ならば、連絡を取り合うことはあっても直接会って話す機会は消滅してしまうだろう。それもこれも彼女からの返事次第で、全て変わってしまうのだけれど。

別れてしまう前に、どうしても返事が欲しかった。出来ることならば、友達という関係じゃない、確かな証が欲しかった。そうすれば、たとえ離れていても、再び会うことができるから。

催促する気はないが、彼女が何を考えているのか僕は知りたかった。このまま待ち続けてもいいのか。それとも諦めた方がいいのか。一人で抱え込んで、どうしようもなくなってしまった僕は、亜咲美に相談することにした。ふたりだけの深夜のリビングで、開口一番、亜咲美はにやけながら「詩乃ちゃんのこと?」と訊ねてくる。僕は恥ずかしさで顔が熱くなりながらも、頷いた。

「そっかぁ。振られちゃったんだね」

「いや、振られてないよ」

「え!?　オーケー貰ったの!?」

「うるさいよ亜咲美……みんなが起きる」

僕は耳を澄まして、リビングの外に誰もいないか気配を窺ったけれど、幸いなことに今の奇声で誰かが起きたということはないようだった。僕はあらためて、話を続ける。

「実はまだ、返事すら貰ってない……」

「あぁ……」

亜咲美はとても気まずそうに、何かを察したかのような表情を浮かべる。そんな絶望的な顔をするのはやめてくれ。けれど亜咲美はどうしようもないほどストレートに「それはもうダメでしょ」と言ってきた。

「まだ可能性は……」

「ない。可愛い弟だから期待を持たせないようハッキリ言うけれど、そんなに待たされてるってことは、女性の方はどう断ろうか考えてるんだよ。一応は友達だから、気まずくなりたくないしね」

バッサリ切り捨てられ、正直泣きたくなった。

「まあいい経験だと思って前に進みなよ。あんたが誰かに告白したのって、初めてなんでしょ？」

僕は亜咲美の言葉に頷いたが、彼女への気持ちを簡単に割り切ることはできないと思った。だって返事を聞く前から勝手に落ち込んで、いい経験をさせてもらったなんて、それこそ自己満足にもほどがある。僕はそんな軽い気持ちで告白したわけじゃないし、それは彼女に対して失礼だ。

「朝陽ってさ、あの子のどこが好きなの？」

「どうしたの急に」

「ちょっと気になったから」

亜咲美に言われて、僕はあらためて言葉にしようとしたが、なかなかその気持ちが浮かび上がってこなかった。僕が彼女のことを好きな理由を言葉にすれば、それはとてもチンケなものに変わってしまう気がして怖いのだ。

僕が返事に窮していると、亜咲美は呆れたように目を細めてくる。

「もしかして、軽い気持ちで告白したの？」

「そんなわけないだろ。じゃあ亜咲美は、何で元カレのことを好きになったか言えるの？」

「よし、この話はもうやめよう」

どうやらまだ元カレのことを引きずっているらしい。別れてから結構時間が空いているらしいが、未だ立ち直れていないということはその人のことが本気で好きだったのだろう。確か僕の記憶では、一年は確実に付き合っていたはずだから。

「でもまあ、あの子を一般的な女の子の考えに当てはめて考えるのはあんまりよくないと思うから、普通にまだチャンスはあると思うよ」

「何でよくないの」

「今まで育ってきた境遇が特殊過ぎて、あの子は自分なりの価値観を形成してるから」

もしかして、亜咲美は彼女からそれとなく生い立ちを聞いているのだろうか。長い間心臓の病で入院していたこと。友達がいないということ。一緒の部屋で寝ていたから、彼女は亜咲美にも、僕に話してくれたようなことを打ち明けているのかもしれない。

「まあ、気長に待ちなよ」

「……うん」

今さら相手の心なんて変えることができないから、本当に気長に待つしかないのだろう。

夏休みの間は、途中からだったが出られる補習には全て参加して、最終日にある再テストも無事に合格することができた。きっと僕一人だったら、今までと同じく部屋に引きこもって、何も変わらない毎日だった。だから恋愛感情は抜きにして、少しは東雲にお礼がしたいと思い、テストが終わった日の帰りに勇気を出してご飯に誘った。

学校からの帰り道で、少し寄り道をした所にパンケーキのチェーン店がある。いつか行ってみたいなと思っていたそこは、男の僕一人で入るにはなかなか勇気がいる場所で、今まで一度も行ったことがなかった。

ふたりで入店しておしゃれな店内に若干委縮していると、大学生ぐらいの女性のスタッフが僕らを席まで案内してくれる。甘い匂いの漂う店内を進んで行き、奥の方のテーブルに着いた僕らは、メニュー表を見てそれぞれにパンケーキを注文した。彼女はパンケーキの上にクリームが載っていて、周りにキウイやパイナップル、イチゴなどのフルーツが散りばめられている、当店人気二位と書かれていたパンケーキを。僕は彼女が頼んだパンケーキの、フルーツが載っていないオーソドックスなタイプを選んだ。

そうして料理が運ばれてくる間、特に会話を交わさず、彼女は視線をあちらこちらにさまよわせていた。きっと気まずいのだろう。そんな気持ちにさせてしまったのが申し訳なくて、僕はいつもより冷静になっていた。

彼女は少しズレた赤色の眼鏡をかけ直し、覚悟が決まったと言わんばかりに僕に頭を下げてくる。

「あの、ごめん……」

開口一番に謝られた僕は、やはり胸が痛んだ。彼女が謝る理由なんて、一つもないのだから。

「謝らなくていいよ。僕の方こそ、ごめん。突然告白なんかしちゃって。普通に困ったよね」

「ううん、そんなことない。私は、嬉しかった……」

嬉しいと彼女は話すが、その表情の端々には気まずさが見て取れて、僕は辛かった。

やはりこんな気持ちは伝えるべきじゃなかった。どうせなら潔く、もう好意を寄せることが無謀だと分からせるぐらい、ハッキリと振ってほしかった。それなのに、彼女は未だにイエスともノーとも言わない。ずっと口元をモゴモゴとさせていて、僕にわずかな期待を抱かせる。そんな淡い期待を持っているからこそ、きっと真実を突きつけられた時に深く傷つくのだ。けれどそれは決して彼女が悪いわけではなく、告白をした僕が悪いのだ。それだけは、履き違えてはいけないのに。

「……朝陽くん」

わずかな間の後、彼女はまた口を開く。

「私は、本当に嬉しかったの。今までに、男の人に告白されたことはおろか、異性の友達すらいなかったから……だから純粋に私に好きだって言ってくれて、嬉しかった。それだけは、どうしても伝えたかったの……」

その言葉の言い回しから、僕の心が急速に冷えていくのが分かった。無自覚で言っているのだということはなんとなく分かっていたけれど、ハッキリさせたかった僕は唇を震わせながら訊ねる。

「……それってつまり、僕とは付き合えないってことでいいの？」

それならそれで一つの区切りがつくから、何もないままの今よりもずっとよかった。けれど彼女は俯いたまま、やはり否定も肯定もせずに口をつぐむだけで何も言わない。

「……こんなこと言ったらめんどくさいやつだって思われるかもしれないけど、正直に言うよ。どんな答えでもいいから、返事が欲しい。待っててもいいの？」

僕がしびれを切らしてそう言っても、東雲は何も話そうとしない。時折小さく口を開きかけるだけで、何か意味のあることは呟かない。

結局、今までと何も変わらない。返事をくれないことに苛立ちを覚えるのは、おそらく果てしなく身勝手なことだ。

彼女にはとても感謝しているし、できるならばこれから先もこの恩を返したいと思っている。けれど、それと恋愛感情を並列に考えることはできなくて、振られた後も一緒にいましょうということになれば、いつか僕が潰れてしまう。だからこのひと夏はとてもいい思い出だったと割り切って、道を違えながら進んでいかなきゃいけない。勢い任せではあったものの、それだけの覚悟があって、僕は彼女に告白をした。

きっとこんな僕の理想を押し付けることすらも彼女にとっては迷惑極まりないことで、そう思うと余計に心が痛んだ。

店員さんが運んできたパンケーキを、ナイフで切り分けていく。彼女はナイフを使うことに慣れていないのか、右手にフォークを持って、パンケーキを食べている。

こんな気まずい雰囲気にするはずじゃなかったのに。笑顔で彼女にお礼を言って、勉強大変だったねと感想を言い合うはずだったのに。パンケーキの味が分からなくなるほど冷え切ったこの場所では、もうそんな話をする空気じゃなくなっていた。

きっと、もうダメなのだろう。それならば、悪い結果を受け入れるための心づもりだけは、今のうちにしておかなければいけないのかもしれない。

テストと補習が終わっても、これまで休んでいた分を全て取り返せたわけではない。だから今日も夕食終わりに自分の部屋で勉強を続けている。いつもの日課になったのか、彼女もパジャマ姿で僕の部屋に来てくつろいでいる。僕はたまに分からない所があると彼女に質問するが、最近はそれもめっきり減っていた。そうして暇を持て余している東雲は、部屋に置いてある漫画をくすくす笑いながら読んでいる。そんな楽しげな彼女のことを見ていると、勉強よりもそちらへ集中してしまう。

完全に集中力の切れてしまった僕は、ペンを置いた。

せめて振られた時の傷を最小限にするために、彼女へ無関心を貫こうとしても、それは無駄な抵抗だった。一度意識してしまえば、彼女のことが気になってそれどころじゃなくなってしまう。だから僕は、聞かなきゃいいのに彼女へ質問してしまう。

「……君は、いつ地元に帰るの？」

「へ？」

漫画に集中していた彼女は顔を上げて、しばらく考えてから「もうすぐ」と答えた。

それから補足するように「もうすぐ、夏休みも終わるからね」と、話す。

「それに私の目的は、もうほとんど達成できたから」

「目的？」

「私がいなくても、朝陽くんは休み明けから学校に通えるでしょ？」

「それはそうだけど……」

「私はもう、充分恩返しができたと思う」

借りの貸し借りという問題で、終わらせたくはなかった。それに彼女が言うように、彼女があの車いすの女の子だったとして、僕は何も恩を返してもらうようなことはしていない。むしろ僕の方が与えられたものがたくさんあって、夏休みの間だけじゃ返しきることなんてできないのに。

このやり場のない思いを、いったい僕はどうしたらいいのか。

「……例えば君が地元に帰ったとして、また会うことはできるの？」

苦し紛れに訊ねると、彼女は考え込むように首をひねって、申し訳なさそうに笑った。

「私の地元からここって、結構距離があるよ？　電車を乗り継いでこなきゃいけないし、もうそんなに簡単には会えないと思う」

「いや、君と会って話がしたいから、今度は僕が会いに行くよ」

「本当のことを知ったら、私のことなんてどうでもよくなると思う」

僕はそんなことを思っていないのに、まるでそうなることが必然のように、彼女は言い切る。ハッキリと僕への線引きを決めていて、それ以上先は踏み入らせてくれない。いったいこれまで過ごしてきた日々は何だったのだろう。それならば、早く僕にとどめを刺してほしかった。追いかけることは無意味だと思い知らされるぐらい、ハッキリとした返事が欲しかった。そうすれば、僕も彼女への確かな一線を引くことができるから。

けれどあれから彼女は何も言わないし、今日もまるで何も気にしていないかのように振る舞っている。こっちは不安で仕方がないというのに。

そんな僕の心の内が、少しだけ彼女にも伝わったのか、彼女は開いていた漫画を置いて首をかしげた。

「最近、朝陽くん元気ない？」

「……え？」

「そんな気がするの。私にもよそよそしい時があるし、もしかして何かあった？」

冗談を言っているのかと思ったが、東雲は本当に心配しているのか僕の顔をのぞき込んでくる。そんな仕草に心が乱された僕は、この気持ちに決着を付けたくて、思わず彼女に問いかけた。

「……ごめん。この前の返事、待つって言ったけど今貰ってもいいかな」

これでもう、全て終わる。勝手だけれど、彼女との出会いを、ひと夏の淡い思い出として昇華することができる。それを期待して、身を切る思いで彼女からの返事を待ったというのに、彼女は、まるで何のことを言っているのか分からないといった様子で、口を開けながら同時に目を丸めた。

　そうしてとても困ったように、言う。

「え、ごめん。何の話？」

　僕の心が、急激に冷え切っていくのが分かった。考えうる限りでは最悪の結末で、僕は胸の痛みから床に倒れこみたくなる。結局彼女にとっての僕は、その程度の人間なのだ。そんな返しをすれば、きっと誰だって怒りをあらわにするはずだ。それが分からない人なんて、おそらくいない。だから僕はやっぱり、彼女にとって、告白の返事をするに値しない、どうでもいい存在なのだ。

　とにかく彼女から離れようと、広げていたノートを畳むこともせずに、いすから立ち上がる。そんな僕を、彼女は今さら慌てたように引き止めてくる。

「え、ちょっと朝陽くん、ごめん……本当に、何の話か分からなくて……」

「いいよ、もう……返事を聞いた僕が、馬鹿だった」

「ねぇ、ごめんって……ちょっと、話し合おう……？　たぶんきっと、朝陽くんは勘違いしてるから」

「勘違いなんてしてない」

勘違いなんて、するはずがない。僕はこの前、ハッキリと彼女へ告白した。あれが夢だったなんて、あり得るはずがないのだ。

彼女は僕の手を、すがるように掴んでくる。その手を僕は、強引に振りほどいた。

「やめてよ、もう。僕に希望を与えるのは」

冷めた目で、彼女のことを見下ろす。仕掛けてきたのは君の方なのに、どうしてそんなに泣きそうな顔をするんだ。僕の方が、よっぽど傷付いたというのに。一生癒えないくらいの心の傷をつけられた。それを思えば僕のやったことなんて、簡単に許されることのはずなのに……。

どうして僕の方が、こんなにも苦しい思いをしなきゃいけないんだ。瞳から涙を溢れさせる彼女を見て、ひどく心が締め付けられる。本当は今すぐ謝って、彼女の発言の真意を知りたかった。

いつから僕は、誰かが傷付く選択肢を、平気で選べるようになってしまったのだろう。そんなことはもうしないと、東雲と出会った時の僕は、心の中で誓ったはずなのに。僕はまた、同じ間違いを起こした。彼女のことを傷付けて、涙を流させてしまった。こんなこと、しなきゃよかった。

床に崩れ落ちている彼女に、声をかけてあげることも手を伸ばすこともできなかった僕は、何も言わずに部屋から出て行った。

自分は変われたと思ったのに、結局のところは何一つ変わっていない。変われたと思っているうちは、変われていないのかもしれない。後悔だけが、胸の奥に渦巻く。けれど一度出した言葉を、取り消すことなんてできなかった。

僕は明かりの消えたリビングのいすに座り、机に突っ伏しながら涙を流す。このたった一度の後悔を、いつか涙が洗い流してほしかった。


いったいどれだけの間、涙を流し続けていたのだろう。

部屋の窓から明かりが差し込んでいて、僕はそのまぶしさで目を覚ます。時計を見ると、いつの間にか六時になろうとしていた。どうやら眠ってしまっていたようだ。ふと指先に、カサリと紙のような感触があることに気付き、それを開いて僕は中を読む。

『とりかえしのつかないことをしてしまいました。本当に、ごめんなさい』

その置き手紙を読んだ僕は、慌てて自分の部屋へと向かった。けれどそこに彼女の姿はなく、次に玄関を確認する。しかし、そこにあるはずの彼女の靴はなく、もう一度リビングへと戻った。すると珍しく早起きをした亜咲美が、彼女の置き手紙を見ていた。

「亜咲美、東雲が……！」

顔を上げた亜咲美は、僕のことをまっすぐに見て言った。

「まだ電車の時間に間に合うかも」

「……えっ？」

「早く追いかけろってこと！」

亜咲美の怒った声に慄いた僕は、立ち止まらせていた足を再び動かし始めた。バスで行くには時間がかかり過ぎるからと、亜咲美は駅まで車を出してくれる。僕は駅に着いた途端、急いで改札口や駅の構内を走り回った。けれど、どこにも東雲の姿はなく、僕は側にあったベンチに倒れ込むように座り込んだ。もうダメだ。おそらく彼女はもう、ここにはいない。もっと早い時間の、もしかすると始発の電車に乗ったのかもしれない。だとすれば、もう追いかけるのは無意味だ。そもそも彼女がどの電車に乗ったのかも分からないから、捜しようがない。

彼女に一日会って、謝りたかった。二度も傷つけてしまったこと。感情に身を任せて、彼女の言葉に耳を傾けなかったこと。全て謝って、できるならばやり直しの機会が欲しかった。だけどそんなことは許されるはずもなく、ただ目の前にあるのは彼女がいなくなってしまったという事実だけ。

伝えないと、行動しないと、きっと後悔する。だから僕は、彼女に告白をした。結局彼女の秘密も教えてもらえないまま。彼女が誰であるのか、分からないまま。

全てきっと、無意味なことだったのだ。

「朝陽」

どうしようもないほど沈んでいた、僕の名前を呼ぶ優しい声。もし叶うのならば、その声が彼女のものであってほしかった。けれど現実はそう甘くない。

「亜咲美……」

「もう帰ろう。私たちの家に」

僕が心の底から羨む亜咲美に、手を差し出される。きっとその手を握ってしまうのが、一番楽な選択なのだろう。誰かの後について行けば、自分は何も考えなくていいから。ずっと思考停止をしたまま、生きていける。けれどそれじゃダメだと思ったから、僕はこの夏休みの間を頑張ってきたのだ。ここで亜咲美の手を借りれば、きっと今までの積み重ねが無駄になる。だから僕は、姉の手を握らずに立ち上がった。

「ごめん……」

全部、僕のせいだ。それだけは、ハッキリしていた。

「詩乃ちゃんは、あんたに感謝してると思うよ」

そんな気休めの言葉を、亜咲美は僕にかけてくれる。彼女が感謝をしていないことなんて、僕が一番理解している。僕は与えられるばかりで、何も彼女に返すことができていなかったから。

自己嫌悪で押し潰されそうになっていると、亜咲美は僕の頭の上に手のひらを載せてくる。

「私が知ってること全部教えてあげるから、ひとまず車の中に戻ろう」

今さら彼女の秘密を知ったところで何かが変わるわけでもないが、あてのない僕は亜咲美の言葉に従って車内へ戻った。その間、最後の希望だと思って、彼女にスマホでメッセージを送ったが、しかしこれは本当に無意味なことだ。わざわざ返信してくれるなら、置き手紙一つで出て行くはずがない。だからこれもただの自己満足に過ぎなくて、少しでも彼女とつながっているという安心感が欲しかっただけだ。

亜咲美は運転席でハンドルを握りながら、アクセルペダルを優しく踏む。それと同時に、ゆったりとしたスピードで車が走り始める。亜咲美は周りの車の波に乗りながら、僕に彼女の秘密を教えてくれた。

＊＊＊

麻倉亜咲美にとって、旅館で出会った車いすの女の子は、どう接していいのか分からない、未知の存在だった。自分と少しでも違う人間は、突然襲ってくるんじゃないか。怒鳴り散らしてくるんじゃないのか。そんな根拠不明の妄想を、彼女は脳内で繰り広げていた。

旅館内の喫茶店から初めて彼女を見つけた時も、正直なところ目を合わせることができなかった。けれど弟である朝陽は、そんな女の子に興味を示し「ねぇお姉ちゃん、あの子なんでおじいちゃんやおばあちゃんが座るいすに座ってるの？」と訊ねてきた。

本当は正確な答えを知っていたけれど、亜咲美は何も知らないことを装って黙っていた。関わり合いになりたくはなかったから。だから何も怖がることなく、車いすの女の子を見つめる弟のことを、亜咲美は素直に尊敬していた。同時に自分の心は、弟より汚れてしまっているのだと感じざるを得なかった。

館内散策に飽きて部屋へ戻ると、朝陽はすぐに車いすの女の子のことについて両親に話をした。

「ねぇ！　変な女の子がいたの！　おじいちゃんが座るようないすに座ってた！」

「もし次にその女の子に会ったら、優しくしてあげなさい」

お母さんは朝陽だけでなく、亜咲美にも言い聞かせるように教えてくれた。

朝陽が「どうして？」と訊き返すと、お母さんは「毎日毎日、とっても頑張っているからそのいすに座っているのよ。それに、男の子は女の子に優しくするものでしょう？」と教えてくれる。

それでも彼女へ抱いている複雑な気持ちを、亜咲美は拭い去ることができなかった。

流れ星を旅館の屋上で見ようという話になって、実際に外へ出てみるとそこには車いすの女の子も参加していた。なるべく目を合わせないように努める亜咲美とは対照的に、朝陽は彼女への興味関心が尽きないようだった。

「あの子のことが気になるなら、話しかけてみなさい」

「……うまく話せるか分からないよ」

「大丈夫。亜咲美もついていってくれるって」

お母さんはそう言ったが、当の亜咲美は突然話を振られて口をぽかんと開けていた。

「亜咲美も行かなきゃいけないの？」

「お姉ちゃんでしょ？　弟の朝陽が困ってたら、助けてあげなきゃ」

「えぇ……」

不服そうに唇を尖らせるが、お母さんにそう言われてしまっては断ることもできずに、渋々といった風に朝陽の手を握る。

「じゃあ、行こっか」

「え、本当に行くの？」

「気になるんでしょ？」

姉は弟に優しくしてあげなくちゃいけない。そういうことを本能的に理解していた亜咲美は、朝陽のことを蔑ろにすることはできなかった。手を握ってふたりは車いすの女の子の元へ向かう。けれどしばらくしてから亜咲美は急に怖くなって、助けを求めるように朝陽の手を強く握ってしまう。そんな心境に陥っている亜咲美のことなど露知らず、朝陽は彼女に「お、お友達になりたいんです」と正直な気持ちを伝えた。どこまでもまっすぐな朝陽に、亜咲美は尊敬のまなざしを向ける。自分は彼女のことを、まっすぐ見ることすらできないのに。

　もう自分は不要だと思った亜咲美は、離れた所で見守っている女の子のお母さんの所へと向かった。気になっていた疑問を、解消したかったから。

「あの、教えてほしいことがあるの」

　亜咲美がそう言うと、お母さんは目線の高さまでかがんでくれた。

「どうしたの？」

「あの子、何の病気なの？」

　どうしても知りたかった。知って、彼女のことを理解することができれば、朝陽と同じように接することができるかもしれないから。けれどお母さんは女の子と朝陽の方を一度だけ見つめると、首を振った。

「教えたら、あの子が怒るかもしれないから」

「……怒るの？」

「うん」

「どうして?」

再び訊ねると、お母さんはとても言いづらそうに教えてくれた。

「怖いんじゃないかな、自分のことを知られるのが。馬鹿にされるかもしれないし、距離を置かれるかもしれない。だから、何もないフリをしてるんだと思う」

そう言われて、亜咲美の心臓は大きく跳ねた。彼女のことを怖がっているということは、馬鹿にしていることと同義だ。怖がられたくないから、馬鹿にされたくないから、彼女は口をつぐんでいる。朝陽も必死に話しかけているが、あまりいい反応がないのか困ったような顔を浮かべていた。

「あの、ごめんなさい……」

「どうしてあなたが謝るの?」

「亜咲美、あの子に話しかけられなくて……」

怒られるかと思った。けれどその子のお母さんは優しく亜咲美の頭を撫でた。

「明日、朝の九時に帰るから、その時に詩乃に話しかけてあげてほしいな」

明日、九時。ハッキリと頷いた亜咲美は、翌朝ホテルのフロントへ向かった。ロビーでお母さんが女の子と話をしていて、亜咲美はふたりの元へと駆け寄る。

「あ、あの!」

けれど女の子はこちらへ顔を向けるだけで、目を合わせてはくれなかった。そうして昨日は聞けなかった、綺麗な透き通った声が亜咲美の耳を通り抜ける。

「だれ？」

彼女にそう問われて、亜咲美は違和感を覚えた。昨日自分は、朝陽と一緒に彼女の前に現れたのに。どうして彼女は首をかしげるのか。忘れっぽいだけなのだろうか。

「あの、昨日弟と一緒にいた……朝陽と一緒にいた、亜咲美です」

「あさひくん……あさみさん……お姉さんですか？」

私は確かに頷く。それから、ちゃんと彼女へ頭を下げた。

「ごめんなさい！」

「どうして謝るの？」

「私、あなたのことを怖いと思ってしまって……それをずっと、謝りたかったの……」

第一印象で彼女のことを決めつけて、話してもいないのに一線を引いてしまった。黙っていればそれまでのことなのかもしれないが、幼い亜咲美にとってはそれが罪深いことのように思えて、自分を許すことができなかった。だからちゃんと頭を下げて、彼女へ謝罪をした。

「私、気にしてないよ」

「私が気にしてたの」

る。

「そうなんだ」

謝罪をすること自体が、自己満足なのかもしれないけれど、亜咲美は自分の思いを貫いて彼女へ頭を下げた。そして弟の朝陽のような人に、自分もなりたいと思った。誰にでもまっすぐに、ぶつかっていける人に。だから亜咲美は、少し朝陽の真似をする。

「それで、あの、私と友達になってほしいの……」

勝手に一線を引いて、関わり合いになることを避けていたのに友達になろうなんて、そんな話は虫がよすぎると亜咲美にも分かっていた。けれど亜咲美は心の底から彼女と友達になりたいと思っていたし、それをハッキリと言葉にしたことに悔いなんてなかった。

「私も、あなたとお友達になりたい。でも、待って。私はあなたに、大事なことを伝えてないから」

「……それは、病気だってこと？」

遠慮がちに亜咲美は訊ねたが、彼女はハッキリと首を振った。ならば、どうして彼女は病気を患っている人が乗るいすに座っているのか。亜咲美には分からなかった。だからその答えが知りたくて、亜咲美は彼女へ質問をした。

「……じゃあ、何の話？」

　すると彼女は自分の瞳のあたりを指差して、それが当然のことのように言ってのけた。

「私、目が見えないの」

　亜咲美は文字通り、言葉を失ってしまう。目が見えないというその意味が、まだ幼い亜咲美にはとても理解の及ばない範囲の出来事だったから。つまるところ、彼女は目の前にいる自分のことが見えていなくて、すぐ側にいる自分の母親のことさえも見えていないのだ。永遠の闇。もしかすると、闇という意味そのものすらも認識していないのかもしれない。もし自分がそんなことになってしまったら、泣き崩れるに決まっている。

「……怖くないの？」

　純粋な疑問をぶつけるが、彼女は首を横に振ることも縦に振ることもしなかった。

「私にとっては、これが普通だから。私は生まれた時から目が見えないだけで、他の人とは何も変わらない。それに昨日、朝陽くんっていう男の子から、一番大切なことを教わったから」

「……一番大切なこと？」

　朝陽はいったい何を言ったのだろう。それを想像しても、頭の理解が追い付いていない亜咲美は、首をひねるだけだった。車いすの女の子は、嬉しそうに微笑むだけで、その秘密を亜咲美に教えてはくれなかった。

代わりに彼女は、何も飾らない、偽りのない言葉を亜咲美に伝える。

「私も、あなたとお友達になりたい」

「……え？」

「ダメなの？」

「ダメなわけ、ない……」

「そっかぁ。それならよかった」

けれど、自分で友達になってほしいと言ったはいいものの、お別れの時はすぐにやってくる。この旅館を出てしまえば、お互いに進んでいく道は全く異なっていて、きっともう二度と会うことはできない。この世界は悲しいほどに広くて、ふたりが出会う偶然は、二度も起きたりしないのだ。それこそ、奇跡が起こらない限り。

そんな悲観的になった亜咲美の手を、彼女は優しく握る。目が見えないはずなのに、寸分の狂いなくしっかりと握って言った。

「またいつか、会いに行っていい？　私が心から成長した時に、あさみさんとあさひくんに、もう一度会いたいの」

その不安に震える彼女の手を、亜咲美は強く握り返す。

「うちは金沢。石川県の、金沢市に住んでるの」

「覚えた。私の名前はね、東雲詩乃っていうの。とっても覚えやすい名前でしょう？」

「私の名前も、麻倉亜咲美だから覚えやすいよ」

そうお互いに言い合って、旅館のロビーでふたりで笑い合う。詩乃の母親は先日、自分のことを話すのは恥ずかしくて、馬鹿にされると思ってると言っていた。けれど詩乃は何の躊躇いもなく、自分は目が見えないのだと教えてくれて、そのことを悲観的に感じているようには見えなかった。それはみんなが抱いている、当然のことのように詩乃は言ってのけた。ただ、目が見えないだけ。周りの人より目が見えないだけ。詩乃は今、そんな風に考えているのだろう。

朝陽は昨日、詩乃の人生を変えたのかもしれない。自分は話しかけることもできなくて、立ちすくんでいたのに。弟はそれを平然とやってのけた。そんな弟に、負けてなんていられないと、亜咲美は思った。

幼い亜咲美にとっては、そんな些細な動機で充分だった。束の間の非日常から帰ってきた亜咲美は、それから誰に言われるでもなく、自ら進んで眼病（がんびょう）について図書館で勉強をした。何も知らないまま詩乃を遠ざけていた自分が、恥ずかしかったからだ。次に詩乃に会った時に、胸を張れる自分でいたかったから。だから亜咲美はいつしか医者を志すようになり、医大を卒業して眼科医になりたいという夢を持つようになった。

その夢への道中で、亜咲美は運命的な出会いをする。朝陽が突然、見知らぬ女の子を家に連れてきたかと思えば、あり得ないことを口にしたのだ。

『ごめん、亜咲美。昨日知り合った子で、東雲詩乃さんって言うんだけど。雨に打たれちゃったからシャワーを貸してあげたいんだ』

『しののめ？』

亜咲美はその突然の来訪者にわざとらしく近づいて、その顔をのぞき込む。すると東雲詩乃と名乗る女の子は、亜咲美に驚いて半歩後退さる。そんな彼女の姿を見て、確信した。彼女は東雲詩乃ではない。東雲詩乃は目が見えないはずだから、自分が近付いて反応を見せるはずがない。そもそも目元にあるほくろもないのだ。この女の子を、あの子供の頃に出会った東雲詩乃だと、思えるはずがなかった。

それを亜咲美は追及してもよかったが、きっと彼女には「東雲詩乃」を名乗らなければいけない、何か深い理由があるのだろう。そう思って、疑問を心の内にとどめておくことにした。

＊＊＊＊

東雲詩乃が実は目が見えなくて、昨日まで一緒にいた女の子は東雲詩乃ではない。そんな漫画の世界の設定みたいなことを、あり得るはずがないと笑ってごまかすことはできなかった。

少なくとも、昨日まで行動を共にしていたのは、東雲詩乃ではない。本当に車いすの女の子が東雲詩乃だったとしたなら、僕の前に現れたのが彼女じゃないことぐらい見通せる。それならば、彼女はいったい誰だったのか。その答えを、僕はずっと分かっていたはずなのだ。分かっていて、それを暴いてしまうのが怖くて、ずっと目をそらし続けてきた。けれどそらしてきた結果がこれだ。彼女を失って、打ちひしがれている僕。ちゃんと話し合いをして、本当のことを聞けていれば、こんなことにはならずに済んだかもしれないのに。そう思うのは、もう絶望するぐらい間に合わないことだった。

僕は、彼女の名前を口にする。

「……雛鶴日菜子」

そうとしか考えられなかった。彼女は雛鶴日菜子という女の子で、ずっと東雲詩乃を演じてきた。その理由は分からないけれど、きっとそういうことなのだ。亜咲美も同意する。昨日まで一緒に過ごしてきた女の子は、きっと雛鶴日菜子という女の子だ。

「どうして東雲詩乃を演じているのか、私が聞いても教えてくれなかった。だからその理由は分からない」

「聞いたんだ？」

「どこの誰かも分からない女の子って、普通に怖いもの」

　確かにそうだ。今までは幼い頃に会っていたかもしれないという名目の下、彼女とのひと時の共同生活を営んでいたが、彼女が雛鶴日菜子であるならばそんな都合は消えてなくなる。僕は夏休みの間、本当にどこの誰かも分からない女の子と過ごしていたのだ。けれど、僕は……。

「それでも朝陽は、そんな女の子に恋をした。告白までしてしまった。今の話を全部聞いて、朝陽はその気持ちが本物だって胸を張って言える？」

　車を運転しながら、亜咲美は僕に問いかけてくる。この気持ちが本物だと言えるのか。本当の雛鶴と話したことのない僕には、今すぐ返事をすることはできない。彼女はずっと嘘をついていた。だから僕は「分からない」と言って、首を振った。けれどその湧いて出た疑問を、いつかどうにかするなんていう希望的観測で終わらせたりしない。分からないから、知らなきゃいけないのだ。

　そう思った僕の心は、彼女を失って失意の底に沈んでいたのに、いつの間にかもう一度胸を張って歩き出せるぐらいには回復していた。

「分からないからこそ、僕は真実が知りたい。もう一度、東雲……いや、雛鶴に会って話がしたい」

「その心がけはいいけれど、どうやって捜し出すの？」

それは簡単なことだ。雛鶴が僕に対してそうしたように、僕も同じように行動するしか道はない。

「どれだけ時間がかかってもいいから、自分の足で歩いて彼女のことを捜し出す。もう逃げたりしたくはないから」

「でも、もう夏休みも終わっちゃうけどね。時間、ないよ」

「冬休みがある」

それがダメなら、春休みを使えばいい。時間は、ひねり出そうとすればいくらでもあるのだから。

「学校は休んだりしないよね？」

「当たり前でしょ」

学校をちゃんと卒業するという選択は、雛鶴がつないでくれたバトンだから。それを置いてまで彼女を捜しに行くなんて、たとえ奇跡的に見つけられたとしても彼女が怒るに決まっている。それにちゃんと卒業しなければ、彼女と過ごした夏休みが本当に無為なことに変わってしまうから。だから彼女を見つけることよりも先に、学校へ通うことを優先しなければいけない。

僕の言葉を聞いた亜咲美は、安心したように微笑んだ。

「朝陽、成長したね」

僕が成長したというならば、それは雛鶴のおかげなのだろう。

彼女から与えられたものを、返さなければいけない。

きっとこれから始まる残りの学生生活は、僕にとって一秒一秒がかけがえのないものので、意味のあるものになるのだろう。

未来のことなんてひとつも分からないけれど、心のどこかでそんな気がしたのだ。

あんなにも学校へ行くのを憂鬱に感じていたのに、夏休みを終えた僕は、ちゃんと朝に起きて制服に着替え登校していた。それが当たり前のことではあるが、道を外れかけた僕にとって、そんなありふれた些細なことが大きな成長だった。彼女がいなければ、僕はどうしようもないあの日のままで、学校にも通えなくなっていただろう。結局今まで通りただの一人も友達はできないが、そんなに急ぐ必要はないと思った。人生は長いから。今本当に大切だと思うことを、全力で取り組めばいい。そんな風に思えるようになった。

未だ進路希望調査は白紙だけれど、それでもいい。焦る必要はない。何もかもが未定だが、それは言い換えればどんな人にでもなれるということだから。だからまだ、大丈夫だ。今は無事に学校を卒業することに、全力を注げばいい。

けれど秋になって、さすがに僕のことが心配になったのか、先生は放課後に僕を美術準備室に呼び出して、面談の時間を作ってくれた。先生はコーヒーを淹れてくれて、僕はお礼を言ってそれを飲む。気を遣ってくれたのか、そのコーヒーにはミルクと砂糖が入っていて、とても美味しかった。

「進むべき道は、もう決まった?」

「いえ、まだ決まってません」

さすがに怒られることを覚悟して、本当のことを言ったのに、先生は僕に対して怒ることをしなかった。早い人はもう就職先を決めていて、進学をする人は志望校を確定させている時期なのに。僕はまだ、人生の分かれ道の前に立ちすくんだまま。いつまでも宙ぶらりんでいれば、先生にも迷惑がかかるかもしれないのに、それでも先生は優しく僕に微笑む。

「成績は夏休み前よりも上がっていて、赤点は今のところ一つも取ってない。ちゃんと頑張ったんだね」

「いえ……それでも進路は決まってませんから」

「先生も麻倉くんぐらいの年齢の時は、結構進路に悩んでたんだよ。だから気に病まなくていいと思う」

「そうなんですか？」

確かクラスメイトの話を聞く限りでは、先生は美大に通っていたはずだけれど。それこそ血の滲むような努力をしてきたはずなのに。先生は僕に気を遣って、優しい嘘をついてくれているのだろうか。

「私、何となくで美大に進学することにしたの。やりたいことも特になくて、けれど絵だけは周りの人よりもうまく描けたから、消去法で美大を選択した。一年浪人して焦っちゃったんだけどね」

「でも美大に通っていること自体がステータスで、それって周りが羨むことじゃないですか？　やりたいことがなかったとしても、そこへ行くって自分で選択して決めたことが、僕は素直にすごいと思います」

「それなら、自分の進むべき道をずっと悩み続けている麻倉くんも、素直にすごいなって先生は思う。親に決められた道にただ進むんじゃなくて、あなたは自分の心と向き合って、自分がどうなりたいのか選ぶ選択をしているんだから」

僕は先生にそう言われてハッとした。いつか彼女が教えてくれた言葉。考え方次第で、世界は変わるのだ。僕はまたいつの間にか、ネガティブな方向へ舵を切っていたようだ。

そうして先生は、僕に問いかける。

「やりたいことが見つからない高校生活だったって言うけれど、麻倉くんはうちの学校へ進学したことを間違いだったって思うことはある？」

僕はその問いかけに、正直に答えた。

「……間違っていたって、時々思います。自分の進路を勝手に決められるぐらいなら、こんなにも苦しい思いをするぐらいだったら、初めから選ばなきゃよかったって」

「正直だね」

先生はやはり怒らずに、僕に笑いかける。

「けれど間違いかどうかは、自分が選んで進んだ先で、ようやく分かることだから。

誰も、動く前に間違いかどうかなんて判断できない。先生も、そうだったから。美大へ通うことがなんとなく、勝手にいいことなんだと捉えていた。でも現実はずいぶんと違ってて、こんな場所を選ばなきゃよかったって後悔もしたの」

「後悔、したんですか？」

「そりゃあそうよ。私って時間にルーズだからいつも締め切りギリギリで、周りには私よりもすごい人がたくさんいて、なんて場違いな所に来てしまったんだろうってずっと思ってた」

そんな風に自分の後悔を語る先生は、反面どこか楽しげで、それは失敗したことのはずなのに、後悔の気持ちを感じさせなかった。

「どうして、そんなに前向きでいられるんですか？」

そこに、答えがあると思った。僕がこれからどうしていくべきなのか。どう進んでいくべきかの、答えが。

先生は、少し僕の方に身体を寄せて、まるで世界の秘密を話すかのように、大切なことを教えてくれた。

「簡単なことなんだよ。自分が選んだ道を、〝正解〟に変える努力をすればいい。たったそれだけのことで、自分の選んだ道の後悔なんて、消えてなくなるの」

何となくの気持ちで、先生は美大に進んだ。けれどそれは間違いだったと後悔して、その道を正解にするために、新しい目的を探した。そうして先生は教職に就いて、今僕の目の前にいる。

大事なことは、目を閉じたりせずに、物事に向かい続けることなのだろう。暗闇で立ち止まって、怯えてばかりじゃ何も得られない。どこにも進めない。そんな当たり前のことを、僕はようやく理解した。

「……先生、ありがとうございます」

「進むべき道に、光は見えた？」

「はい」

確かにそう返事をした僕に、先生は柔らかな微笑みを向ける。最後に気になっていたことがあった僕は、先生に質問する。

「先生は、どうして先生になろうと思ったんですか？」

「知りたい？」

「差し支えなければ」

僕がそう言うと、先生は少し照れたように頬を赤く染めて、僕だけに聞こえる声でその理由を話してくれた。

「誰かの夢を応援できる人になりたかったから、私は先生になったの」

その日の夜、夕食の前に、母さんと父さんに「話したいことがあるんだ」と切り出した。亜咲美は茶化したりせずに、僕の隣の席に座って黙ってくれていた。

「どうしたの、朝陽？」

どこか不安げに、母さんは僕のことを見つめてくる。こんな風にあらたまって話をしたいと言ったのは初めてだったから、どんな内容が飛んでくるのか想像もつかなかったのだろう。もう決めたことだったから、僕は躊躇いなくそれを父さんに話した。

「まだ、僕は働きたくない」

その一言で、一瞬にして場が凍り付いたのが分かった。けれど僕は続ける。

「だから高校を卒業した後は、大学に行きたいんだ」

冷え切ったリビングの中で、驚くことに一番最初に声を発したのは、父さんでも母さんでもなく隣にいる亜咲美だった。

「この時期に大学受験って、もう絶望的なぐらい決断が遅いけど大丈夫？　今は学校に通えてるけど、今まであんたが足踏みしてた間に、周りの人たちは合格するために必死に努力してたの。口では何とでも言えるけど、現実的に考えて私は無理だと思うよ」

僕を試すように、亜咲美は冷めた声で現実を叩きつけてくる。それに、僕は怯んだりしない。現実的じゃないことを言っているのは、僕が一番わかっている。だからどうすることが現状で一番正解なことなのか、必死に考えて答えを見つけた。辛いけどその道を進みたいと覚悟を決めたら、僕はもう迷わなかった。

「今日から、受験勉強を始める。間に合わなかったら一年浪人して、大学を受けたい。入学費や学費は、勉強をしながらアルバイトをして可能な限り稼ぐから。それで、父さんが推薦してくれた会社の人の所にも、ちゃんと頭を下げてくる。だから進学することを、許可してください」

あらためて頭を下げると、沈黙を守っていた父さんが、ようやく口を開いた。

「大学で何をしたいんだ？　亜咲美は医者になりたいというから、高い金を払って大学に通わせている。お前に今、何か特別にやりたいことでもあるのか？」

「……今は、ないです」

「それなら、四年間通うことは全くの無意味だと思うが？」

「僕は大学に、やりたいことを見つけに行きたいんです」

ずっと迷っていた。ただ何も考えずに思考停止をして、そこにいるだけの生活を送れば、大学へ通うことは何のメリットもなくなってしまう。そんな後ろ向きな思考に、僕は縛られ続けていた。それこそ、考え方を変えるべきだったことに、僕は今まで気づけなかった。

やりたいことがなければ、探す努力をすればいい。そうして答えを見つければ、その道は正解だったと自信を持って言えるから。

「それは大学じゃなければいけないのか？　別に大学じゃなくても、働きながらやりたいことを見つけることだってできるだろう」

「僕も一度、それを考えました。でも僕はまだ、知らないことが山のようにあるから。ちゃんと、勉強したいと思ったから。だからいろんなものを見て、触れて、自分で考えて将来を考えていきたいんだ」

今まで流されるような人生を送り続けてきた。流される選択を、自分で取り続けてきた。勉強を、しなきゃいけないものだと思い続けてきた。けれど、それは違うということに僕は気付いた。

それじゃあダメだと思ったから、変わらなきゃいけないと強く思った。

僕のそんな決意を聞いて、先ほどまで冷たかった亜咲美は、どこか嬉しそうに笑った。

「朝陽がそう決めたなら、私はそれでいいと思うよ。もう何も言わない。お母さんは？」

「私は、もうふたりとも立派な大人だと思ってるから。明らかに間違っていることは、間違ってるって言うけど、そうじゃなかったらふたりの意思に任せるわ。朝陽のやりたいように、やればいいと思う。でも……」

そう言って母さんは、父さんのことをちらりと見る。そこには長い間一緒にいた夫婦の、ふたりだけが分かる意思疎通があった。

「朝陽がそこまで真剣に考えて決めたことなら、最大限のサポートをするわ。学費を稼ぐためにアルバイト漬けの生活になって、勉強をできませんでしたじゃ、お話にならないもの。学業に支障の出ない範囲で、アルバイトをすること」

「あ、分かりました……ありがとうございます」

「それで、お父さんは何か言いたいことある？」

まだ何か言いたいことがあるのか、父さんは僕のことをまっすぐに見つめてくる。その鋭い目で見つめられると、途端に委縮してしまう。けれど僕は、父さんのことをまっすぐに見つめ返して、自分の意思が薄弱ではないことを示した。

「東雲さんとは、うまくやれているのか」

「えっ!?」

そんな予想外の質問に、僕は拍子抜けする。どうして今、そんな話になるのか分からなくて、冷えていたリビングに温かみが戻ってくる。母さんはこらえきれずに笑みをこぼし、事情を知っている亜咲美は苦笑いを浮かべる。

いつの間にか話題は東雲詩乃のことにすり替わっていて、いつもの家族の雰囲気に戻っていた。僕はその温かさに触れながら、たくさんの人に感謝をしなければいけないと思った。人は巡り巡って、誰かに支えられながら生きているのだから。進むべき道は、もう定まった。けれどやらなければいけないことが、一つだけ残っている。僕はいなくなってしまった雛鶴を捜さなければいけない。突然いなくなったりはしないと言ったのに、彼女は置き手紙一つだけを残して僕の前から去っていった。その彼女の真意をどうしても知りたいのだ。

あれから、一縷（いちる）の望みをかけて送ったメールは今も返ってこない。

僕は今さら彼女に、住所も聞いておけばよかったと後悔した。雛鶴日菜子というのは珍しい名前だから、インターネットで検索もかけてみた。けれど彼女に関することは一件もヒットしない。

毎日勉強をして、冬休みに入ると、短い正月休みを使ってひとまず福岡県の県庁所在地へ行き、道行く人へ「雛鶴日菜子という女の子を知りませんか」と聞いて回った。しかしそれは全て空振りに終わった。僕のやっていることは、果てしなく無謀なことなのだと理解はしている。砂浜に無作為に落とした、色のついた石ころを探しているようなものなのだから。彼女は奇跡的に僕のことを見つけられたけれど、そんな奇跡は二度も起きないのだと自覚させられた。

一度目の彼女を捜す旅が空振りに終わって、再び学校へ通い高校生活の最後のテストを受けた。しばらく経ってから結果が返ってきて、僕の肩の荷は無事に下りた。どれも赤点はなく、同時に僕の卒業が決まった瞬間でもあったから。

そうして卒業式までの残りの数日を、彼女を捜すことに当てようと再び旅行の荷づくりを進めていた時、僕のスマホに一通のメールが届いた。そこに表示されていたのはいなくなってしまった彼女のメールアドレスで、僕は祈るようにそのメールを開封した。

果たしてそこに書かれていたのは、一つの電話番号。僕は躊躇うことなく、その番号に電話を掛けた。するとワンコール目に、その通話はつながる。

『もしもし。麻倉さんですか？』

聞いたことのない、女の子の声。けれどその声は、どこかいなくなってしまった彼女の声に似ていて、僕は懐かしさで胸が苦しくなった。あんなにも彼女のことを捜していたのに、こんなにもあっさりと手がかりが得られるなんて、夢にも思っていなかった。

僕は震える声で、彼女に返事をする。

「そうです。麻倉、朝陽です」

『よかった。無事にメールが届いて安心しました。もしかすると、着信拒否にしているかもと思っていたので』

そんなこと、するはずがない。むしろそう思っていたのは僕の方で、返信がこないのはアドレスをブロックされたからだと思っていた。

『それでは、初めましてになりますね。もしかすると、お姉ちゃんからお話は伺っているかもしれませんが。私は雛鶴日菜子の妹で、雛鶴乃々って言います』

「は、初めまして……あの、お姉ちゃんってことは、あの人はやっぱり雛鶴日菜子さんだったの？」

『はい。あなたが夏休みの間一緒にいたのは、私の姉に当たる日菜子になりますね。でもそれは、少しだけ違うんです』

「……少しだけ？」

『詳しいことを話すと長くなるので、姉を連れて一度お会いしに行ってもいいですか？』

東雲詩乃が再びこちらへ遊びに来ると家族へ伝えると、母さんは「夕飯はカレーにしなきゃね！」と大喜びだった。亜咲美は驚いたのかしばらく言葉を失って、それから疑うような目つきで僕のことを見てきた。

「それ、本当なの？　詐欺じゃなくて？」

「そんなわけないだろ……」

亜咲美は疑っていたけれど、やっぱりどこか嬉しそうで、同時に僕と同じく不安の色を見せていた。彼女——雛鶴日菜子がいったい何者なのか、それを知るのが怖いのだろう。真実を知ってしまえば、心に傷を負ってしまうかもしれない。だって東雲詩乃ではなく、わざわざ雛鶴日菜子が彼女を演じて僕らの前に出てこなければいけないということは、〝東雲が姿を現せられない理由〟があるはずだから。その理由を知るのは、正直僕も怖い。知りたくないけれど、知らなければいけない。もう現実から目を背けるわけにはいかないから。

そうして訪れた約束の日は、昨夜からの雪がうっすらと積もっていて、雛鶴乃々が何事もなく無事にここへたどり着けるかどうか、不安で仕方なかった。

けれどそれは杞憂に終わり、お昼の十二時を少し過ぎた頃、家のインターホンが鳴った。玄関へ走ってドアを開けると、そこには白色のコートを着た、あの日に離れ離れになった赤い眼鏡を掛けた彼女と、彼女によく似た小柄な女の子が立っていた。

「朝陽くん……」

「あの初めまして、雛鶴乃々です」

「初めまして……」

緊張でどう接すればいいのかこちらが測りかねていると、乃々さんは急に「へくちっ！」と可愛いくしゃみをして洟をすすった。

「ごめんなさい。こんなに寒いとは思ってなかったので、油断していました。早速で申し訳ないんですけど、お家に上がらせてもらってもいいですか？」

父さんも母さんも仕事で出かけていて、亜咲美は大学に行っている。込み入った話をするのは今のタイミングしかないから、僕は迷わずに頷いた。

「では、失礼します」

そう言って乃々さんは玄関の中へと足を踏み入れるが、当の彼女は俯いたままなかなかこちらへ一歩を踏み出さない。どうしたの？　そう聞こうとしたが、先に乃々さんが口を開いた。

「詩乃さん、早く上がってください。寒くて私、凍(こご)えてしまいます」

「あ、ごめん……」

その乃々さんの言葉を、僕は聞き漏らしたりしなかった。彼女は今、確かに詩乃さんと発言した。ここにいるのは、雛鶴日菜子ではないのか？　呆気(あっけ)に取られていると、それを察したのか、乃々さんは玄関のドアを閉めてから言った。

「事情は中で全てお話ししますので、安心してください」

もしかすると、今現実に起こっていることは、僕が想像しているよりも、とても複雑なことなのかもしれない。東雲は僕のすぐ側を通る時、こちらを見ずに小声で「ごめんね、朝陽くん……」と謝罪した。

君が謝る必要はないのに。僕が謝るはずだったのに。些細なことで動揺してしまった僕は、何も言うことができなかった。

リビングのいすに座ってもらったふたりに、僕は温かいお茶を用意した。「ありがとうございます」と礼儀正しくお礼を言った乃々さんは、一口目を口に含むと「あっつ……」と舌を出しながら苦い顔をする。乃々さんの隣に座っている彼女は、お茶に手を付けない。

そうして僕もいすに掛けると、乃々さんは開口一番に「この度は、うちの姉がご迷惑をおかけして、本当に申し訳ございませんでした」と頭を下げてきた。

「いや、迷惑なんて、そんなこと……それに、隣にいるのは東雲詩乃さんなんだよね……？」

「今はそうです」

「……今は？」

乃々さんは額に手を当てて、何から話すべきか考えているのか、困ったような顔をする。けれどすぐに話すべきことを決めたのか、あらためて僕のことを見た。

「それじゃあ、東雲詩乃さんのことについて、まず話をしますね」

僕が頷くと、乃々さんは隣に座る彼女をちらりと見てから、信じられないようなことを口にした。

「東雲詩乃さんという女の子は、実は一昨年の十二月にもう亡くなっているんです」

「……は？」

その言葉の意味が分からなかった僕は、思わず彼女の方を見た。けれど彼女は首を振ることをせずに、ただ僕から目をそらすだけで何も答えない。その代わりに、乃々さんが淡々と意味不明な言葉を並べ立てていく。

「きっかけは交通事故でした。東雲一家を乗せた軽自動車が、居眠り運転をしていたドライバーの乗るトラックと衝突したんです。後部座席に座っていた母親が、咄嗟に娘である東雲詩乃さんをかばおうとしましたが、病院に運ばれた時にはすでに、脳死の状態。ご両親は即死でした……この事件は、全国的に新聞記事にもなっています」

「そんな、どうして……」

「……この事故に関して、私はこれ以上の詳しいことは知りません。スマホを使ってインターネットで調べた情報と、図書館にある新聞でこの事件を知りましたから。当時お茶の間のニュースでも取り上げられていたそうですが、私は見ていなかったので知りませんでした」

仮に乃々さんの言うことが真実なのだとしたら、目の前にいる東雲詩乃はいったい誰なのか。交通事故に遭って、脳死状態なんじゃないのか。聞きたいことは山ほどあった。何かの悪い冗談だと言ってほしかった。けれどそんな僕の気持ちにとどめを刺すように、東雲はこちらを見ずに言った。

「全部、本当のこと……」

全ての話を取り消すことなく、乃々さんは話を進める。

「朝陽さんは、脳死判定を受けた人がドナー登録をしている場合、別の人に臓器を移植することができることを知っていますか？」

その話は知っている。なぜなら僕も、臓器提供の意思表示カードを財布に入れて持っているから。コンビニに置いてあるのをたまたま見つけた、臓器提供意思表示カード。臓器移植についての冊子を読んで、自分が脳死した後や死後に限り、自分の臓器を必要な誰かに提供することができるということを知った。自分が不慮の事故で死んでしまった時、誰かの助けになるならばと気まぐれで携帯するようになったのだ。

「詩乃さんは、自分が脳死状態になった時に、他者に臓器移植をしてもいいという意思表示をしていたんです。そうして偶然にもその条件が適合したのは、私の姉である雛鶴日菜子でした」

乃々さんの話を聞いて、もう思考がパンクしてしまった僕は、黙って素直に彼女の話を聞き続けた。

「実は、臓器移植を通じてドナーの記憶がレピシエント……臓器を受け取った患者に転移するという事例が、世界中にあるんです。趣味嗜好が変わったり、性格が豹変したり……記憶の転移が起きたり。ただ、今回姉に起きたのは記憶転移ではありませんでした。東雲詩乃の魂そのものが、姉に移ってしまったようです」

「いや、そんなあり得ないこと……」

「あり得ないような話ですが、現実に起こっているんです。そしてその証拠に、ここにいるのはお姉ちゃんですが、今動かしている人格は東雲詩乃さんです」

「……最初は、私もすごく驚いたの。突然強い衝撃を感じて意識を失って、目を覚ましたら知らない女の子になってたから……」

それから乃々さんは、詳しく教えてくれた。

「私も驚きましたよ。最初の入れ替わりは、お姉ちゃんが臓器を移植して二日後のことだったんです。突然真昼間に奇声を発したかと思えば、幼い子供みたいに病院のベッドの上で泣き出したんです。病室にいたのが私じゃなかったら、おそらく精神病棟の方に移されてました」

「だって、本当に驚いたから……目も見えるようになってたし……すごく、チカチカして……これがまぶしいっていう感覚なんだって、あの時初めて分かったの」

今までずっと目が見えなかったんだから、パニックになったとしても仕方がない。

「詩乃さんとお姉ちゃんの入れ替わりは、最初は寝て起きた時などに突発的に起こっていたんです。だから混乱が起きないように、私がふたりの間に入ってました。これからどうするべきなのか。ふたりはどうしたいのか。詩乃さんは、全ての判断はお姉ちゃんに任せると言ってくれました」

「この身体は、日菜子ちゃんの身体だから……」

例えそうだったとしても、迷いなく任せると言える東雲は強い人だと思った。きっと僕なら、何も決められない。もしかすると、他人の身体でいいから、このまま生きたいと懇願(こんがん)するかもしれない。自分はもう死んでいて、けれどすぐ目の前に生きるための手段があるのだから。

「お姉ちゃんは、詩乃さんとの共存を選びました。自分の命を救ってくれた恩を、何らかの形で返したいと思ったのでしょう。詩乃さんから、幼い頃に出会った朝陽という人の話を聞いて、それをお姉ちゃんに伝えたら、真っ先に会いに行こうと言いました。けれど会いに行くには、準備が必要だったんです」

「準備？」

「詩乃さんは今まで、目が見えていませんでしたから」

遠回しに乃々さんからそう言われ、僕はハッとする。目が見えなかったということは、これまでに戸惑うことがたくさんあったはずだ。その中で一番重要なことが、きっと文字が読めなかったことなのだろう。ただ、漢字が苦手なんだと思っていた。スマホの扱いを、あまり知らないだけだと思っていた。長い間入院していたから、世の中のことに疎いだけなのかと思っていた。

「あれでも頑張った方なの……最初は満足に字も読めなくて、そんな状態のまま朝陽くんの元に行くのが恥ずかしくて、乃々ちゃんに教えてもらってたの。勉強だけじゃなくて、この世界のいろんなことを……」

それならば彼女の苦労は、僕には計り知れないものだったのだろう。

「日にちが経つにつれて、ふたりは自分の意思で人格を交代できるようになりました。けれど、どちらかの人格が表に出ている間、もう片方は眠っている時のように記憶がないんです。この問題を解決しなければ、周りの人から怪しまれてしまう。だから私は、お互いのそれまでの行動や感じたことを、メールで送り合ったらどうかと提案したんです。そうすれば、ある程度は記憶の補完ができるから。本当は電話か直接話せればよかったんですけど、ふたりにはそれができませんので」

だから東雲は、頻繁に雛鶴に対してメールを送っていたのかと、僕はようやく理解する。雛鶴も、同じように東雲にメールを送っていたのだろう。相手は遠くにいるのだと思っていたが、本当はとてもすぐ近くにいたのだ。いつか東雲が言っていた、乃々は気を遣ってメールを送ってこないのだという言葉も、今なら理解できる。スマホに不慣れな東雲は、メールを打つよりも電話か直接話した方が、うまくコミュニケーションをとることができるから。

メールがお互いの記憶の欠落を埋める手段であって、東雲と雛鶴が唯一取ることのできるコミュニケーションだということを、僕は今まで想像すらしたことがなかった。

「ただ困ったことに、お姉ちゃんはもう何か月も表に出て来ていません。地元に帰ってきた頃には、すでに詩乃さんの人格になっていました。どうやらショックなことがあって自分の心の殻に閉じこもってしまったようなんです」

呆れたように乃々は姉のことを話すが、僕は全然呆れることなんてできなかったし、笑うこともできなかった。だって彼女が引きこもってしまったのは、おそらく僕のせいだから。僕が彼女のことを傷つけてしまったから。

「僕のせいだ……」

懺悔するように呟く。けれどそんな僕に、今まで口を閉ざしていた東雲が言った。

「違う。朝陽くんのせいじゃない……私が、日菜子ちゃんに伝えなかったから……」

瞳から涙を溢れさせながら、東雲は言う。あの時の、後悔を。

「私、日菜子ちゃんに言わなかったの……朝陽くんから告白されたこと……びっくりして、自分でもどうしていいのか分からなくなって、ずっと黙ってた……こんなことになるなんて、想像もしてなかった……本当に、ごめんなさい……」

東雲からそんな話を聞いて、僕はようやく彼女の反応の意味を知った。雛鶴が表に出ている時、もちろん彼女は僕に告白されたことを知らなかったのだろう。だからいつも通りの振る舞いを見せていた。きっと気まずそうにしていた時は、東雲が表に出ていたのだ。僕が雛鶴のことを傷つけた時のあの表情を、今でも覚えている。本当に身に覚えのないことを言われたのだから、あんな反応を見せてしまうのは当然だった。どうして僕はあの時、雛鶴の気持ちをもっとちゃんと考えてあげることができなかったんだ。あの時にもっと自制を効かせることができていれば、何かが変わっていたかもしれないのに。

乃々さんはそれから、大きなため息をついた。

「お姉ちゃん、ネガティブな所があるから、きっと自分がいない方がいいって思っちゃったんだと思います。本当は、詩乃さんのお願いごとを聞くだけのはずだったのに、こんな面倒なことになってしまってすみません」

「面倒だとは思ってないよ。それよりも、東雲のお願いごとっていうのは？」

訊ねるが、乃々さんは何も答えなかった。少し冷めたお茶をすすって、隣にいる東雲の方をちらりと見る。おそらく、彼女に関することは全て、本人から聞けということなのだろう。それならばと、あらためて彼女に訊ねようとしたが、タイミング悪く玄関の方から「ただいま〜」というのんきな声が聞こえてくる。

「誰ですか？」

「ごめん。うちの姉……」

「あぁ、なるほど」

そんな会話をしているうちに、亜咲美がリビングへやって来ると、いすに座ってい る東雲と乃々の方を交互に見たかと思えば、乃々の方に視線を固定させて「何この可 愛い生き物」と、僕に質問してくる。

「雛鶴乃々さんって言うんだけど……」

僕がそう説明するよりも先に、亜咲美は乃々さんに近付いたかと思えば、突然彼女のことを抱きしめた。

「乃々ちゃんっていうのね！　あなた超可愛いわね！　私の妹にならない⁉」

「なんですかあなた！　なりません！　離してくださいー‼」

本気で嫌がっている乃々に、無理やり抱き着く亜咲美の姿は正直言って気持ち悪かった。実の姉のことを引いた目で見ていると、乃々さんはさりげなく僕に目配せをしてくる。その意味がすぐに分かった僕は、ありがとうと言う代わりに一度頷いた。

どうやら、東雲とふたりきりにする機会を作ってくれるようだった。

僕はじゃれ合うふたりを置いて、東雲の手を握る。

「ごめん、ちょっと来て」

「えっ……」

そのつないだ手はとても小さくて、柔らかくて、温かかった。東雲がもう死んでいるなんて言葉は、嘘なんじゃないかと思うぐらい。けれど、今手をつないでいるのは雛鶴日菜子の肉体。だから生きているという実感がある。

彼女と手をつないだまま、家を出て、道を歩いている時に僕はあることに気付く。

これからどうするべきなのか、乃々さんは何も言わなかった。もう心の中で決めているから、何も口には出さなかったのかもしれない。きっとそれは、東雲に対する優しさだった。けれど僕は、それがたとえ正しいことで、間違ったことではないと分かっていても、そんな簡単に決断を下すことができなかった。

だってそれじゃあ、あまりにも可哀想じゃないか。

僕は、その手を掴みながら東雲の方を振り向く。赤い眼鏡のレンズの奥にあるその瞳は、とても綺麗な色をしている。きっと少しでも綺麗な世界を見たかったから、東雲はいつも眼鏡を掛けていたのだ。何も見えない暗闇を、彼女は知っているから。

そんな彼女が、ようやく見ることのできた光を、僕は自分の意思で取り上げることができない。誰も、そんな残酷なことはできない。乃々さんですら。だから乃々さんは、僕と東雲をふたりにしたのだろう。東雲のことを説得するために。東雲の最後のお願いを聞くために。

そうして東雲詩乃に、この世界から消えてくれとお願いするために。

どこか落ち着いて話せる場所をと探し歩いて見つけたのは、町中にある喫茶店のチェーン店だった。僕らは暖かい店内に入り、ホットココアを二つ注文する。しばらくして店員さんがココアを運んできてくれて、僕らの前に置いて行く。そうしてようやく東雲は、口を開いた。

「本当に、ごめん……」

「きっと同じ状況だったら、僕も話せなかったと思う」

「それでも、ごめんなさい……」

東雲の瞳に、涙が浮かぶ。それが頬を伝って、テーブルの上に落ちていく。僕はそんな彼女に、ハンカチを差し出した。それで涙を拭って、少し落ち着いた頃に、再び口を開く。

「亜咲美から聞いたよ。僕たち、本当は幼い頃に会ってたんだね。ずっと気付けなくて、ごめん」

「顔が違うんだから、気付けなくて当然だよ……」

「でも一緒に星を見た時に名前を聞いていれば、すぐに気付けたかもしれない。あの日の出来事は、今でも覚えているから」

僕は一度、ココアをすする。それから一番最初に伝えなくちゃいけなかったことを、彼女に告げた。

「僕に会いに来てくれて、本当にありがとう。ずいぶん遅れちゃったけど、本当のことを知って純粋にそう思ったんだ。東雲が会いに来てくれなかったら、僕はいつまでもダメな自分のままで、何も変わっていなかったと思うから。だから、今はそのお礼がしたい」

「お礼なんて、いらない……私の方が、ずっと朝陽くんに感謝をしてて、そのお礼がしたくて乃々ちゃんや日菜子ちゃんにわがままを言ったんだもん……」

「そのことなんだけど、僕って子供の頃に何かしたっけ。本当に思い出せなくて……」

「恥ずかしいから、思い出さなくてもいい……」

そう突っぱねた東雲は、湊をすすってから、唇を尖らせながらココアを飲み始める。少し元気が出たみたいで、僕は安心した。

「……本当は一目会って、少し話すだけでよかった。それで感謝の気持ちを伝えて、この世界から消えるつもりだったの。それが何だかズルズルと延びちゃって、私のせいで……」

きっと僕と出会って、学校にも行かず引きこもっていた姿を見て、心配してくれたのだろう。僕が再び学校へ通えるように、勉強の手伝いをしてくれて。だけど自分一人ではどうすることもできなかったから、雛鶴のことを頼った。僕は知らぬ間に、ふたりの女の子に助けられていたんだ。

「……私、ずっと目は見えなかったけれど、一目見た瞬間から朝陽くんだって分かったよ」

「初めてってことは……あのスーパーに買い物に行った日？」

「ううん。私が朝陽くんと会ったのは、二日目が最初」

二日目。僕が軽い気持ちで約束をすっぽかして、東雲を泣かせてしまった日だ。

「ごめん。あの時は……」

「謝らないで。ちゃんと、朝陽くんは来てくれたから」

「でも、今でも、あれは人としてどうかしてたって思う。本当に、ごめん」

一つ一つ出来事を思い返していけば、謝らなければいけないことがたくさんあることに気付いた。本当に、キリがないほどに。

「実はね、今だから言えるんだけど、日菜子ちゃん、すごく怒ってたんだよ」

「えっ、そうなの？」

「うん。約束したのに、人としてあり得ないって、メールに書いてた。そんなことないって、私は思うけど」

そう言うと、東雲は自分のスマホを起動させて、慣れない手つきでその時のメールを見せてくれた。

【詩乃の話を聞いて、朝陽くんっていう人はいい人なんだなってずっと思ってたけど、私はあの人のこと許せない。人としてあり得ない。大雨の中、女の子を放置させるなんて。詩乃のお願いだから勉強は手伝うけど、そっけない態度を取ったりしたらごめんね】

そのメールを読んで、そういえば突然東雲の態度が冷たくなって、僕が焦ったのを思い出した。きっと東雲ではなく、雛鶴が表に出ていたからなのだろう。あれは僕が初めて補習に参加した日のことだ。

もっと雛鶴という女の子について知りたいと思った僕は、気付けば東雲に「他のメールも見せてくれないかな」とお願いしていた。東雲は、それを許してくれた。

【詩乃に言われた通り、朝陽くんに学校へ行くよう説得したけど、冷たい態度を取ってしまったかも。もし彼が傷付いていたら、ごめん。外に出るのがめんどくさいから、朝陽くんが学校へ行った後は家に引きこもっていようかと思ってたけど、話したいことがあるって言われてついて行った。それで昨日の夜に亜咲美さんに話したこと、朝陽くんにも伝わってたみたい。ずっと入院してたこと。亜咲美さんは、初めて会った時から私が東雲詩乃じゃないって気付いてた。ごまかしたけど、たぶんあの人は薄々察してる。朝陽くんにもいろいろ聞かれて、やっぱりめんどくさいなって思ったけど、その後食べたお団子はすごい美味しかった！　とっても美味しいお団子屋さんを知ってる朝陽くんのこと、ちょっとだけ見直したかも。詩乃にも食べさせてあげたかったなぁ】

次に見せてもらったのは、水族館へ行った時のメールだった。

【別に、詩乃は私に気を遣わなくてもよかったんだよ。人混みは苦手だし、誰かに合わせて一緒に行動するのも、結構苦手だから。それに、私が楽しんでもいいのかなって思った。詩乃に、水族館を回ってほしかった……でも、そんなことを言っても、もう仕方ないから、気を遣ってくれてありがと。不安だったけど、朝陽くんがペースを合わせてくれたから、それなりに楽しめたかも。最初は無理に私に合わせてるのかもと思って、申し訳なかったから先に行っていいよって言った。けれど、朝陽くんは私のために抑えてくれてたけど、きっと怒ってたんだと思う。朝陽くんは、よっぽどのことがないと怒ったりしないと思ってたから、びっくりした。それほどのことを言っちゃったんだって、思った。どうしてあんなに怒ったのか、やっぱり私には分からなかったけれど、一緒に水族館を回ってくれて少し嬉しかったのは確かだった】

怒ったんじゃなくてあの時は、純粋に彼女のことが心配で、放っておけなかったから側にいたんだ。

自分といるより、亜咲美さんといる方が絶対楽しい。彼女はあの時、僕に対してそう言った。怒るみたいに言ってしまったのは、きっと僕の利己的な思いのせいなのだろう。僕にとって君は、一緒にいるだけで楽しい存在だったから。だから自分のことを、そんな風に卑下してほしくなかった。きっと、僕はそれをわかってほしかったのだ。

あの夏休みのことを思い出せば、話のタネは延々尽きない。その思い出を、できるならば三人で語り合いたかった。僕と、東雲と、雛鶴の三人で。けれどそれは、初めから叶うことのないことで、僕は寂しく思う。

「ねぇ、朝陽くん」

穏やかな声で、東雲は言う。全てに満たされて、満足したかのような表情を浮かべながら。

「朝陽くんは、私と日菜子ちゃん、どっちに残ってほしい？」

そんな究極とも言える選択を、東雲は僕に投げかけてくる。二つに一つなんて、選べるはずがない。選んでしまえば、選ばれなかった方は消えてくれと言うようなものなんだから。そもそも、僕にそんな選択をする権利はない。誰にも、彼女たちの生き死にを決める権利なんて、あるはずがないのだ。

だから、そんな言い方はしてほしくなかった。この世界にいちゃダメな人間なんて、ただの一人も存在しないから。みんなそれぞれに役割があって、誰かのことを助け合いながら、支え合って生きているんだから。

けれどそれを伝えてしまえば、彼女を引き留めてしまえば、生き続けるはずだった雛鶴がこの世界から消えてしまうかもしれない。結局この世界は、目に見えない大きな天秤があって、誰かが幸せを掴む裏で、他の誰かが不幸になってしまうようにできているんだ。それが、この世界の秘密。どうして、こんなにも残酷にできているのだろう。せっかく東雲は目が見えるようになったのに。どうして、消えてしまわなければいけないのか。

どうにもならない現実を前に、僕は泣き出しそうになってしまう。けれど泣くわけにはいかなかった。一番泣いてしまいたいのは東雲のはずだから。僕が泣いてしまえば、彼女が泣けなくなってしまう。だから僕は、泣いてしまうわけにはいかないんだ。

結局僕は、彼女に対して何も告げることができなかった。残ってほしいとも、消えてほしいとも言えなかった。言えるはずがなかった。

そんな僕に、東雲は薄く微笑みかける。

「今日で、もうおしまいにする。だから最後にまた朝陽くんに会えて、嬉しかった」

東雲の悲しい決断に、僕は水を差すことなんてできなかった。だって、彼女がそうすると決めたことなんだから。いなくならないでほしいと懇願すれば、きっと東雲は困ってしまう。何も言わずに送り出すのが、正解なのだ。

「……分かったよ」

　そう返事をした僕は、きっと最低の男だ。いつまでも、この時の返事を後悔し続けるに違いない。

　帰る頃にはすでに日は沈んでいて、家の中からカレーの美味しい匂いが漂ってきていた。夕食の最中、亜咲美は率先して乃々さんの隣へ座るが、本気で嫌な顔をした彼女は、少しでも逃れようといすを反対側にずらす。ふたりは僕らが外へ出ていた間も、仲よくやっていたようだ。

　東雲は母さんの作ったカレーを口へ運び、幸せそうな表情を浮かべる。今日消えてしまう女の子の笑顔とは思えないぐらいキラキラしていて、それがどうしようもなく僕の心を締め付ける。

「詩乃ちゃん、また暇があったら家に遊びに来てね」

「わかりました！」

「乃々ちゃんも、いつでも歓迎するからね」

「ありがとうございます」

　いつもより賑やかな食事のはずなのに、僕は心の底から笑顔を浮かべることはできなかった。母さんはそれからニコニコしながら、乃々さんにある提案をした。

「今日はふたりとも、家に泊まっていきなさい」

「いえ、そう言っていただけて嬉しいのですが、私たちホテルを押さえてますので。お気持ちだけ受け取っておきます」

乃々さんが丁寧に断りを入れると、母さんは驚いたのか「よくできた子ねぇ」と感心した。確かに、見た目と言葉遣いがちぐはぐだから、驚いてしまうのも仕方がない。

そうして夕食が終わって東雲がお風呂を借りている間、僕は自室に引きこもって勉強をしていた。受験勉強は、今のうちにやっておかないと間に合わないから。けれどなかなか集中できずにいると、部屋のドアをノックする音が響く。返事をすると「失礼します」と言って、乃々さんが部屋に入ってきた。

「どうしたの？」

僕がそう訊ねると、彼女は床に敷いてある座布団の上にちょこんと正座する。

「朝陽さんにはとても迷惑をかけたので、あらためて謝罪をしようと思ったんです」

「迷惑なんてかかってないから、気にしなくていいよ」

「いえ、そういうわけにはいきませんから」

礼儀の正し過ぎる彼女は、僕に深々と頭を下げる。本当に、僕は気にしてなんていないのに。

「乃々さんは――」

「私の方が年下なので、〝さん〟は付けなくていいです」

彼女の言葉に素直に従った僕は、あらためて切り出した。

「乃々は、しっかりしてるね」

「お姉ちゃんがずっと入院していたから、しっかりしなきゃいけなかったんです。ずっと苦しんでるのに、私のことで悩んでほしくなかったから」

「偉いね」

「当然のことだと思います」

「雛鶴さんは、どんな人なの？」

気になっていた僕は、彼女へ質問する。

「あの人は、仕方のない人です。いちいち相手の発言一つに反応して、落ち込んだりするくせに、褒めても素直に受け取らないんです」

「確かに、そんな人だったかも」

「そのくせ自分の好きな食べ物の話になったら、相手のことなんてお構いなしに矢継ぎ早に話しかけてくる。本当に、仕方のない人なんです」

「でも僕は、そんな雛鶴さんと一緒にいて、楽しかったよ」

そんな自分の本音を伝えると、乃々は鳩が豆鉄砲を食らったかのような顔をして首をかしげる。その表情が面白くて、僕は笑みをこぼした。

「鬱陶しく思わなかったんですか？」

「自分の好きなものを、あんなにも楽しげに話すことができるのは、雛鶴さんの魅力だと思う。鬱陶しいと思ったことは、一度もないよ」

「朝陽さんは、とても変わっていますね」

そうだろうか。雛鶴は友達がいないと言っていたけれど、本当の彼女を知れば、どんどん人が寄ってくると思う。そんな魅力が、彼女にはあるような気がした。

「それになんだかんだ言っても、乃々は雛鶴さんのことが好きなんでしょ？」

「……好きとか嫌いとかじゃなくて、あの人は姉ですから」

「そっか」

苦し紛れにそう言った乃々は、少し恥ずかしそうに俯いている。きっと、素直になりきれない年頃なのだろう。

「……私は、お姉ちゃんのことをめんどくさい人だと思いますけど、幸せになるべき人だとも思ってます。もうたくさん苦しんだから、これからはいろんなものに触れて、楽しんでほしいんです。そうすれば、きっとお姉ちゃんも少しは前向きな人間になれると思うから」

「そうだね。僕も、そう思う」

「……だから朝陽さんには、お姉ちゃんのお友達になってほしいんです。なって、あげてください」

今にも泣き出してしまいそうな乃々の頭を、僕は優しく撫でた。僕は誰に言われなくても、東雲と同じぐらい雛鶴と仲良くしたいと思っている。それをわざわざ伝えなくても乃々に伝わったのか、涙を引っ込めて笑顔を見せた。その笑顔は雛鶴ととてもよく似ていて、やっぱり姉妹なんだなと実感させられる。

乃々と別れた僕は、東雲と話をしたかったから、勉強を切り上げてリビングへと向かう。けれどその途中の廊下で、お風呂上がりの東雲とばったり出くわした。

「あ、しのの――」

名前を呼び掛けたけれど、それは彼女の右手の人差し指で制止させられた。東雲は、後悔なんて何もないかのような笑みを浮かべる。

「朝陽くんとたくさん話したら、消えたくないなぁって思っちゃうから、笑ってさよならしよ」

最初からそうすると決めていたかのように、東雲の表情は清々しかった。間違った触れ方をしてしまえば、壊れてしまいそうなぐらい昼間は沈んでいたのに。まるで、別人のようだった。

僕は、ここで確かめなければいけないことがある。どうしても今じゃなきゃ、ダメだから。

「東雲、僕は――」

「朝陽くん」

また僕の言葉にかぶせるように、東雲は話をする。

「私のことは、なるべくでいいから早く忘れてね。そうした方が、幸せになれるから」

もう、忘れられるはずがない。東雲のことを忘れて、幸せになれるはずがない。

「短い間だったけれど、一緒にいられて楽しかったよ」

そう言って、東雲は僕の側を通り過ぎていく。伝えなきゃいけないことがあったはずなのに。それも伝えられないまま、東雲は僕の前から去ろうとしている。けれどこんなことは、伝えない方がいいのかもしれない。それは確実に、東雲を傷つけてしまう言葉だから。それならば彼女の言う通り、笑顔でお別れをするべきなのだ。それが間違ったことだと分かっていても、僕は振り返ることができなかった。

僕はもう、伝えてしまうことで後悔をすることがあると、知ってしまったから。だから後悔をしないために、この言葉は伝えない方がいいのだ。

「今までありがとう。朝陽くん」

東雲がそう言って、僕の前から姿を消す。僕はそのまま廊下の床に崩れ落ちて、涙を流した。

それから東雲と乃々は、身支度を済ませて家を出て行った。最後は、僕ら家族に見送られて。僕は東雲の顔を、一度もまっすぐ見つめることができなかった。これで本当に最後なのに、言葉を交わすことなく僕らは別れた。

これが正解だったと言い聞かせても、後悔の気持ちは消えてくれない。きっとこの世界には、どの道を選んでも正解なんて存在しないのだ。いつもいつも、正解だと思いながら前に進んでいくしかない。そうして傷を付けながら、生きていくしかないのかもしれない。

朝起きて僕は、雛鶴に会うために乃々へ電話を掛けた。そうして泊まっているホテルを教えてもらい、黒のスキニーと白のセーターに着替えてから家を出た。外は予想していたよりもずっと寒く、昨日降った雪がうっすらと道に積もっていた。その白銀の雪に足跡を付けながら、乃々に教わったホテルまで歩いて行く。

そうして着いた駅近くのホテルの前に、白いロングコートを羽織った雛鶴が立っていた。鼻先を赤くして、手のひらに吐息を吹きかけわずかな暖を取っている。それから左手にスマホを持ち、かじかんだ右手の人差し指でスマホの画面を叩いている。僕が近付くと、雪を踏みしめる足音で気付いたのか、彼女はすぐにスマホをポケットの中へ入れてこちらを向いた。

「……ごめん。勝手にいなくなって」

僕は、昨日の東雲の笑顔を思い出していた。それを頭の隅に追いやって、笑顔を見せる。

「おかえり、雛鶴」

そんな返事をすると、雛鶴も安心したように笑顔を見せる。

「ただいま」

「乃々は？」

「散歩してくるって言って、出かけたよ」

「そっか」

少し迷った僕は、雛鶴にそんな提案をした。

「甘いもの、食べに行かない？」

すると彼女は返事よりも先に頷いて、それから「行きたい」と言った。僕らは少し早めの昼食を食べるために、近くにドーナツ屋がないか探した。

土曜日だからか客足の多いドーナツ屋で数十分並んだ僕らは、ようやく注文するところまでやって来た。事前に何を注文するか決めていた僕らは、店員さんにドーナツの名前を告げていく。僕はオールドファッションとシュガードーナツを頼み、彼女はフレンチドーナツとポンデドーナツのショコラ味を注文した。

会計をして、トレーの上に置かれたドーナツを運びながら彼女は「食べるの楽しみ」と嬉しそうに言う。そんな無邪気さに、僕は笑みを浮かべた。

ドーナツ屋でお腹を膨らませた僕らは、次に近くのカフェで飲み物を買った。僕はバニラクリームフラペチーノを注文して、彼女は抹茶クリームフラペチーノを注文する。そうして受け取ったドリンクを手に持ちながら、ふたりで城下町を散策した。彼女はどこへ行くにしても楽しそうにしていて、見て触れるものに瞳を輝かせている。

「あっちの方に歩いて行ったらね、大きなお城があるんだよ」

「え、嘘。冗談だよね？」

「本当だよ。ちょっと行ってみる？」

僕の言葉が信用できなかったのか、雛鶴は疑うような目つきをしながら半歩後ろのあたりをついて来た。しばらく歩き続けると、無機質な鉄の塊の集合体みたいなビル街から、少し開けた昔ながらの城下町に景色が変貌して、それから大きな白塗りのお城が姿を現した。

「本当にお城だ！　生で見るの初めて！」

先ほどよりも興奮している雛鶴は、スマホを取り出してお城にカメラを向けた。カシャリという音が響いて、スマホの中に大きなお城の写真が保存される。そうしてこちらへ近付いてきた雛鶴は、僕の方にスマホを寄せてきて「これってどうやって写真見るんだっけ」と訊ねてくる。簡単な操作を教えてあげると、先ほど撮った写真を表示できた彼女は、パッとひまわりのような笑顔を見せた。

「これからいろんな所に行って、いろんなものを見て回りたいね」

そう言って、雛鶴はまた笑顔を見せる。とても純粋に楽しむ彼女は、これからもいろんな素晴らしいものを見つけては、今みたいな幸せな表情を見せるのだろう。きっと周りの人には、彼女のことが幸福な人間のように映っているに違いない。

そんな些細なデートと呼べるようなお出かけが終わって、帰りの道を歩いていると、いつの間にか僕と雛鶴が初めて出会った場所へ来ていた。懐かしいと思うけれど、今は雪に覆われていて、あの頃とは別の場所のようにも感じる。そこで立ち止まって、僕はすぐ後ろをついて歩く彼女を振り返った。そうしてまっすぐに見つめていると、彼女は「どうしたの？」と言って、首をかしげる。僕は今まで黙っていたことを、口にした。

「本当は、朝に会った時から気付いてた」

「……えっと、何が？」

「君が、東雲詩乃だっていうこと」

言い訳をしても無駄なことに気付いたのか、東雲は笑みを引っ込めて気まずそうな顔を作る。

「……どうして分かったの？」

簡単なことだった。

「雛鶴は左利きだから、スマホを使う時はいつも右手で持って、左手の指で叩いてた。ドーナツを食べる時も、雛鶴が毎回注文するって言ってたシュガードーナツを頼まなかったし、インドアで人混みが苦手なのに、連れ回してもとても楽しそうについて来てたから」

「……日菜子ちゃんのことなら、何でも知ってるんだね」

「いや、僕は何も知らないよ。今までに一度だって、ちゃんと面と向かって話したことがなかったから。彼女は東雲詩乃のフリをして、舞台の上で演じているだけだった。僕は雛鶴のことを、たぶん何も理解してない」

それでもずっと側にいて彼女のことを見てきたから、些細な違いでも見抜ける程度には雛鶴のことを知っている。

「どうして、いなくなるって言ったのに、今も雛鶴のフリをしてたの？」

もう言い訳は無意味だと思ったのか、東雲は寂しげな表情を浮かべた。

「……たぶんこんな風に、最後にとどめを刺してほしかったんだと思う。私の大好きな、朝陽くんに……」

その寂しげな瞳から、あの時と同じように涙が溢れてくる。それはとどまることを知らずに、彼女の頬を濡らしていく。

「私に告白してくれたの、すごく嬉しかった……嬉しくて、嬉しくて、消えたくないなぁって思っちゃうぐらいに……でも、だんだんと分かってきたの。朝陽くんが向けている気持ちは、私じゃなくて、日菜子ちゃんに向けられてるんだってことを……そうなんでしょ？」

東雲が苦しみながらも正直に話してくれたから、僕も隠すことなく本音を伝えることができた。

「僕は、雛鶴さんのことが好きなんだ」

それなのに、僕は決定的な間違いを犯した。雛鶴じゃなくて、東雲に告白をしてしまったのだ。知らなかったで済まされることじゃない。何より彼女のことが好きだから、間違えるなんてことはあっていいはずがなかったのだ。

「……嘘でもいいから、優しい言葉をかけてくれてもよかったのに」

「もう、自分の心に嘘はつきたくなかったんだ」

「そっかぁ……分かってたけど、あらためて言われちゃうと、やっぱり辛いな……」

僕は東雲に謝ったりしない。本当に雛鶴のことが好きだから。それにもし謝ったりしたら、それこそ彼女のことを傷付けることになる。とどめを刺す以外に、方法はないんだ。

東雲は両手で顔を覆いながらしゃがみ込む。僕はそんな彼女のことを、見下ろす。

「朝陽くんは、どうして日菜子ちゃんのことを選んで、私を選ばなかったの……？」

「たぶんはっきりした答えじゃないと思うけど、それでもいい？」

僕が訊ねると、東雲は弱々しく頷いて見せる。僕は今までずっと見つめ続けて出した結論を、彼女に話した。

「東雲は、僕にとって憧れの存在なんだ。どんなことにも前向きで、言いたいことはハッキリと言えて、僕はそんな君が羨ましいと思った。どうしたら君みたいな人間になれるんだろうかって、いつも思ってる」

それから僕は夏休みの出来事を思い返しながら、彼女のことを話した。

「雛鶴は、鏡に映った自分を見てるみたいだった。変な所でネガティブで、すぐに落ち込んで、正直言ってめんどくさいやつなんだ。けれど雛鶴には雛鶴のいい所があって、自分の好きなものを好きだとハッキリ言えたり、ネガティブだけど自分のことをしっかりと見つめていて、本当にすごいなと思うんだ。そうして、ずっとずっと苦しい思いをして過ごしてきたのに、他の誰かのことを思いやって支えてあげられる。そんな彼女に僕は支えられて、きっとそれを言ったら雛鶴は何もしてないって言って、素直に受け取らずにまた落ち込んだりするんだろうけれど、僕はそんな雛鶴のことが何より好きなんだ。一緒のペースで歩いて行きたい。今まで傘を差されてばかりだったけど、今度は僕が雛鶴に傘を差してあげたいんだ」

彼女たちが二重人格だと知った時、僕は自分の気持ちがどちらに向けられているものなのか、分からなくなってしまった。けれど心の中を見つめ返してみれば、その答えはとても簡単だった。

単純なことだったんだ。東雲は憧れの存在で、雛鶴はすぐ側を歩いて行きたい人だった。ただ、それだけのこと。

東雲は夕焼け空の下で涙を流し続けて、僕はそんな彼女に手を差し伸べなかった。中途半端な愛情は彼女のことを傷つけて、迷わせてしまうから。本当はとても心が苦しかったけれど、仕方のないことなんだと自分に言い聞かせた。東雲は、思わず僕の胸に顔を押し付けてくる。僕はそれを拒んだりしなかったけれど、何もしなかった。腕を回したりせずに、ただ心を静める。

ひとしきり涙を流し続けた東雲は僕から離れると、目元を赤く腫れさせながら「ごめん……」と、一言だけ謝った。

「全部、私のわがままで……」

「誰だって、この世界から消えたくないと思っていたら、同じことをすると思う。だからそれは東雲のわがままなんかじゃなくて、仕方のないことだよ」

それから東雲は顔を上げて、僕のことをまっすぐに見つめる。

「朝陽くんに、お願いがあるの」

「どうしたの？」

「ちゃんと学校を卒業してって、日菜子ちゃんに伝えてほしい。私、日菜子ちゃんが現れなくなってからこの半年、代わりに頑張ったけど、ダメだった。学校は頑張って通ってたけど、全然勉強ができなくて、留年しちゃったから……」

「分かった。伝えておく」

それから僕も、最後にどうしても聞きたかったことがあったから、東雲に訊ねた。

「子供の頃、僕は東雲になんて言ったの？　ずっと気になってたんだけど、思い出せなくて……」

するとと東雲は人差し指で涙を拭きながら、困ったように微笑んだ。

「きっと、本当に大したことじゃないから、朝陽くんは笑っちゃうと思うよ」

「それでも知りたいんだ。こうして東雲は、僕に会いに来てくれたんだから」

真剣に頼み込むと、東雲は溢れてくる涙を拭き終わった後に「仕方ないなぁ」と呟いた。僕は決して聞き逃したりしないように、彼女の声に耳を澄ます。そうして東雲は、大きくなった僕でさえも忘れてしまっていた、この世界に隠された大切な秘密を教えてくれた。

「――――」

その東雲の言葉はこの世界の秘密そのもので、どうしてそこまで僕に固執して会いに来てくれたのかを、ようやく理解した。幼い頃の僕は本当に、無自覚に彼女の世界を丸ごと変えてしまっていたのだ。そうして僕もたった今、ちっぽけだった世界が広がった。この世界はこんなにも美しかったんだということを、知った。

「……私、本気で朝陽くんのことが好きだった。日菜子ちゃんのフリをして、嘘をついちゃうぐらい。告白されたことだって、日菜子ちゃんには言わなかった。本当は、そんな性格の悪い女の子なの。それでも朝陽くんは嘘を見抜いて、日菜子ちゃんを取った。その責任を、朝陽くんは取り続けなきゃいけないんだよ……」

それから東雲は、昨日僕に伝えた言葉をもう一度言う。

「だから私のことは、できるだけ早く忘れてね。その方が、ふたりはきっと幸せになれるから」

「忘れるわけ、ないだろ……」

覚えていることで、辛くなることもあるかもしれないが、それでも忘れたくなかった。だって、こんなどうしようもなかった僕を、彼女は好きになって忘れずにいてくれたんだから。

今度は僕が覚えている。世界の秘密を思い出させてくれた、女の子のことを。

それでも彼女は、涙で綺麗な瞳を濡らしながら、震える声で「……忘れて」ともう一度言った。そうして僕を愛してくれた女の子に、本当の気持ちを伝えた。気付けば僕は、東雲の背中に腕を回して、その小さな身体を抱きしめていた。

「忘れられるわけないだろ！　東雲がいてくれたから、僕はまた前を向いて歩き出すことができたんだ！　どうしてどちらか一人を選ばなきゃいけないんだよ！　どうして僕が、東雲のことを選ぶことができないんだよ……！　本当は、ずっと一緒にいたかった……　三人でくだらないことを言って笑い合っていたかった……！　どうしてこんな結末にならなきゃいけないんだよ……！」　どうしてっ……

僕は、物語の主人公なんかじゃない。脚本家でもない。僕たちは舞台の上に立つ演者で、物語を考えるストーリーテラーは別にいる。結局は、舞台の上で筋書き通りにお芝居をしているだけ。神様のさじ加減で、僕たちの人生は一八〇度変わってしまう。傷付いて、傷付いて、傷付き続ける。本当はふたりが救われる道が、あったのかもしれない。こんな物語じゃ、誰も救われない。どうして、ハッピーエンドは訪れないのか。もし時間が巻き戻せるならば、きっと今よりもっといい結末を迎えられるはずなのに。現実は、そんなに甘くない。それを僕は、思い知らされるだけだった。

けれど東雲は僕の腕の中で泣いたりせずに、代わりに背中に両腕を回して優しく撫でてくれる。そうして囁くようなか細い声で、僕を励ました。

「それは、とっても簡単なことなんだよ。朝陽くんは、日菜子ちゃんのことが好きだから。だから、私は消えるの」

「そんな理由で、納得なんてできるわけない……」

「それでも、朝陽くんは選んだんだから。逃げたりせずに、答えを出したの。私じゃなくて、日菜子ちゃんを取るという答えを」

東雲は背中から腕を外すと、その手で優しく僕の身体を引き離した。もう一度見つめ合った彼女の瞳は、涙で赤く腫れている。それを見て、僕の胸はひどく痛んだ。

「責任を取るために、朝陽くんは幸せにならなきゃいけないの。だから、約束して。私のことを忘れて、幸せになるって……」

きっと東雲は、無理をしている。それが何となく透けて見えたから、僕はまだ冷静でいられた。なるべく僕に罪悪感を与えないように、自分の本心を少しだけ偽って。

「……僕は、東雲のことを忘れて得られる幸せなんて、いらない。だから絶対に、忘れたりなんてしない……」

だって東雲は、あの子供の頃の出会いから、一度だって僕のことを忘れたりしなかったんだから。だから僕が忘れるようなことは、あっていいはずがない。東雲の瞳から溢れる涙は、止まりはしなかった。

「……ありがとう、朝陽くん。そんな、嬉しいことを言ってくれて」

僕は最後に、東雲の小さな手のひらを握る。そうして彼女の気持ちを胸に刻みつけながら、最後の言葉を口にした。それが、お別れの言葉だった。

「……ごめん。僕は、雛鶴のことが好きだ」

東雲は涙でくしゃくしゃになった顔で、それでも負けたりせずに笑顔を見せて言った。

「……ずっと、分かってたよ。私の世界を照らしてくれて、ありがとう。バイバイ、朝陽くん……」

その言葉を最後に、東雲はぷつりと糸が切れたようにその場に倒れそうになる。慌てて彼女を支えた僕は、一緒に真冬の地面に座り込んだ。そうしてぐったりとした彼女を支えていると、本当に東雲がこの世からいなくなってしまったことを実感させられた。

東雲は、二度死んだ。一度目はどうしようもない、不慮の事故で。二度目は、この僕が彼女のことを選ばなかったから。目をそらしていれば、雛鶴の意思を汲んでいれば、これまでも、これから先も東雲はこの美しい世界で生きて行けたはずだったのに。僕の意思で、最後は彼女のことをこの世界から消したんだ。

その罪深さに、見えない天秤の残酷さに、僕は頭がおかしくなりそうだった。こんなことのために、生まれてきたんじゃないのに。誰かを傷つけるために生きてきたわけじゃないのに。どうして世界は美しいのに、僕らは傷つけ合わなきゃいけないのか。ようやく彼女は、目が見えることで、新たな幸せを得られるはずだったのに。

それでも東雲は、自分の境遇を嘆いたりせずに、僕に当たり散らしたりせずに、最後まで他人の幸せを祈ってくれていた。この世界で一番美しいもの。それはきっと、誰かを思いやる心なのだろう。自分以外の誰かを、幸せにしたいという気持ち。その掛け値のない優しさこそが、僕らが不意に忘れてしまう、とても簡単で、とても大切なものだ。

そんな大切なことを教えてくれた彼女のことを思って、僕は真冬の空の下で涙を流す。そうしてもう声の届かない彼女のことを思って、声を枯らして叫んだ。

「ああああああああああああああああああああああーーーーーーっっ！」

どれだけそうしていても、もう彼女は返事をしてくれないけれど。はるか頭上に見えるはずの無数の星と流れ星は、どれだけ目を凝らしても雲で覆われていて見ることができない。それでも、たとえ雲に覆われていたとしても、雨の日でも、晴れていても、明るくて星が見えなかったとしても、大切なものはいつもそこにある。

彼女が僕らのことを見てくれていると願いながら、これから先の未来を生きていくしかなかった。

糸の切れた雛鶴を背負いながら、僕は自分の家へと戻ってきた。そうして靴を脱いでリビングに上がると、僕の背中でぐったりしている雛鶴を見て、亜咲美が慌ててこちらへと駆け寄ってくる。

「ちょっと、どうしたの⁉」

「……ごめん。そのうち目を覚ますと思う。今は、気持ちよさそうに眠ってるから」

「……じゃあ、大丈夫なのね？」

「うん……」

それから先ほどの出来事を思い出した僕は、思わず涙を流してしまいそうになる。けれどそれをこらえて、強がっていると、亜咲美は僕の頭の上に手のひらを置いてきた。

「頑張ったんだね」

その優しい声に、僕は一筋だけ涙を流した。

あんなにも大変なことがあったはずなのに、彼女は安らかな寝息を立てている。

乃々に電話で事情を説明すると、慌ててこちらへ駆け付けてくれたけど、幸せそうな寝顔を見て、すぐに呆れたように目を細めた。当の僕は、心の底から安心していた。

「あの……それで、詩乃さんは……」

とても言いづらそうに、乃々は訊ねてくる。少しでも彼女が気に病むことがないようにと、僕は言葉を選んだ。

「最後は笑顔でお別れしたよ。最後まで、僕らの幸せを願ってくれていた」

「そうですか……」

けれど今も心に複雑な気持ちは残っているようで、その理由が何となく分かったから、僕は彼女に言い聞かせるように伝えた。

「乃々は、ふたりが共存できるように頑張ってくれてたんだよね。きっと東雲は、君に感謝してると思う。君がいなかったら、雛鶴と東雲は友達にすらなれていなかったかもしれないから」

「そんなこと、ないと思います……」

「そんなこと、あるんだよ」

今となってはもう答えは分からないけれど、東雲なら絶対にそう思ってくれているはずだ。

僕らはみんな、どこか自分に自信がなくて、肝心(かんじん)な所で他人のことを羨んで、いつも誰かのことを見つめながら生きている。だからこそ大切な誰かのことを思いやって、認めてあげて、それを伝えていかなきゃいけないのだろう。誰も、一人で生きてはいけないのだから。

僕はそんな誰かを思いやることに縛られ続けてきた乃々に、優しい言葉をかけた。

「きっともう、雛鶴は大丈夫だから。もう少し自分にわがままに生きた方が、お姉ちゃんも安心すると思うよ」

「……わがまま？」

「例えば、雛鶴に甘えてみるとか」

「あのお姉ちゃんに甘えるなんて、死んでも嫌です」

「それじゃあ自分の歩いて行きたいところに、雛鶴を誘ってみなよ」

「歩いて行きたい所ですか？」

しばらく考え込むような顔を浮かべた乃々は、年相応の笑顔を浮かべて言った。

「桜を見に行きたいです。朝陽さんも一緒に」

「僕も？」

「朝陽さんと、お友達になりたいから」

そんな何も飾らないストレートな気持ちを伝えられて、僕は思わず照れてしまった。

「それじゃあ、この冬が明けたら……」

「ダメです。お姉ちゃんは、あと一年学校に通わなきゃいけませんから。桜を見るのは、お姉ちゃんが学校を卒業した後にしましょう」

「うん、分かった」

僕がそう返事をすると、乃々は嬉しそうに微笑んだ。

「そういえば、少し嬉しいことがあったんです」

「何があったの？」

「お姉ちゃんが勝手に自分の殻に引きこもって留年したから、来年からはお姉ちゃんと一緒に学校に通えるんですよ」

「来年から高校生なんだ」

「はい！　楽しみなんです！」

きっと乃々が雛鶴と一緒に学校へ登校してくれれば、無事に今度こそ卒業することができるだろう。僕は心の底から安心して、安堵の息を吐いた。

眠っている雛鶴を、自分の部屋のベッドに寝かせてあげる。そうしてその場を離れようとした時、彼女のまぶたがかすかに動いたのが分かった。身体がぴくりと動いて、今まで隠されていた綺麗な瞳が現れる。

「おはよう、雛鶴」

僕は初めて、彼女の本当の名前を呼んだ。その女の子の瞳からは、大粒の涙が溢れ出す。

「どうして私がここにいるの？……詩乃は？」

「この世界からいなくなったよ。誰でもない、君に生きてほしいと願ったから」

「私、生きたくない……もう苦しい思いも、辛い思いもしたくない……」

「それでも、生きていかなきゃいけないんだよ。東雲がつないでくれた命だから」

「私は誰にも、生きたいなんて頼んでない。生きていても、迷惑かけるだけだから。私、他の誰かを傷つけながら生きていくのを自覚するのが、何より辛いの……」

自分の身体を抱きしめながら、苦しそうに息を吐いて言葉を漏らす。間違った触れ方をしてしまえば、すぐにも壊れてしまいそうで、僕の心もいたく締め付けられた。けれど雛鶴がまた前を向いて生きられるように、僕が何とかしなくちゃいけない。命をつないでくれた、東雲に頼まれたことだから。

「雛鶴……」

「やめて、もう綺麗事なんて聞きたくない……一人にさせてよ……」

自暴自棄（じぼうじき）になる雛鶴に対して、抑えていた僕の心の糸がどこかでぷつりと切れてしまった。きっとまた、僕は彼女のことを傷つける。それが分かっているのに、抑えることができなかった。

「いい加減にしろよ……東雲が、どれだけ辛い思いを抱えながら消えていったのか、君はそれを知らないからそんな適当なことが言えるんだ。無理やりこれから先も生きることができたのに、それでも彼女は舞台から降りた。僕らに代わりなんていないんだよ。誰かの代わりをすることもできないんだ。だから、君は……」

「うるさい……もう、しゃべらないで……」

僕の言葉は、雛鶴に何一つ届かない。もうダメなのかもしれないと、本気でそう思う。けれど僕はふと自分のことを見つめ直して、とても簡単なことに気付いた。彼女は僕の鏡のような人間だから。本当は同じ人間なんて、この世界のどこを探したっていないんだろうけれど、それでも雛鶴の悩むことは僕も同じように悩んでいるから、気付くことができた。

「……そんなに消えたいなら、どうして病院で勉強なんてしてたんだよ。病気で辛くて消えてしまいたいなら、いくらでも逃げ出せる機会はあったはずなのに。君がそうしても、周りの人間は誰も責めたりしないのに」

「それは……」

「単純なことなんだよ。君はそれでも、逃げ出したくなかったんだ。逃げたくないっていう選択をした。口では消えたいって思ってても、心の底ではあと少しだけ、頑張りたいって思ってたはずなんだ」

「違う……それは逃げるのが怖くて、自分から変えることができなかっただけで……」

そんな自分の行動も、誰でもない自分が選んだことだ。それに気づいたのか、彼女は口をつぐんだ。けれどもまた、今度は鋭い目つきで僕のことを睨みつけてくる。

「私はずっと、東雲詩乃のフリをしてた。たった今、ようやく腹を割って本音で話してる相手に、分かったような口を利かないで」

「分かるんだよ。君は、僕に似ているから」

「……私は、あなたが嫌い」

きっぱりと彼女にそう言われ、僕は一瞬怯む。誰かにここまで拒絶されたのは、初めてのことだったから。それがよりにもよって好意を抱いている女の子なんだから尚更だ。

「私は、自分のことが一番嫌い……だから自分の鏡のような朝陽くんのことが、一番嫌いだった」

「それでも僕は、君のことが好きだ」

毅然とした態度で言い切って、恥ずかしいとはかけらも思ったりしなかった。けれど雛鶴は表情一つ変えずに「出てって」と言った。

「この部屋、僕の部屋なんだけど」

「うるさい！　明日の朝に、私は帰るから」

そこまでハッキリ言われてしまえば、引き下がる以外に選択はなかった。僕は仕方なく雛鶴に背を向けて、部屋を出る。するとすぐ側の廊下に乃々が立っていて「ごめんなさい……」と謝った。

「……傷付きましたよね？　めんどくさいお姉ちゃんのこと、嫌いになりました？」

僕は乃々を安心させるように、小さな頭に手を載せる。

「嫌いになんて、なってないよ。少しショックだったけど」

「あの、お姉ちゃんあんなこと言ってたけど、たぶん心の底からの言葉じゃないはずだから……また話しかけてきたときに、話を聞いてあげてください」

「分かってるよ」

雛鶴は今この場所で生きている。時間はいくらでもある。ゆっくりと、関係を修復していけばいい。それがダメだったとしても、雛鶴と和解するために動いたことは、きっと無駄にはならないはずだから。

翌日、宣言通りに帰ると言った雛鶴は、妹の乃々と荷物をまとめて帰っていった。見送りに行った僕に対して一度も視線を合わせなかったのは、きっと今も怒っているからなのだろう。けれど僕は去り際に彼女の背中に向けて「また、メール送るから」とだけ伝えた。

雛鶴が地元へ帰ってから、すぐにメールを送るのは火に油を注いでしまうだけだと思い、頭を冷やすために一週間ほど空白の時間を作った。そうしてそろそろメールを送ろうかと考えていた時、僕のスマホに彼女からのメールが届いた。それを開くと、何行にも及ぶ文字の羅列が視界に飛び込んでくる。僕はそれに驚いたけれど、目をそらしたりせずに一文字一文字、丁寧に読んでいった。


【この前は、本当にすみませんでした。

一週間経って、ようやく頭が冷えたので、メールを送ります。

もし、もう私と話したくもないと思っていたら、このメールは破棄してくださって大丈夫です。

まず初めに、私の心の問題にあなたを巻き込んでしまって、本当にすみませんでした。

あなたに言われたことを、私はずっと心の中で考えていました。本当は、生きることから逃げ出したくなかったんじゃないか。もう少し、頑張ってみたいと思ってるんじゃないのかって。

けれど、どれだけ考えてみてもその答えは出なくて、そのたびに私は落ち込んでいきました。

だって私は今も、逃げ出したくても逃げることができなかったって、思ってるから。

この心臓だって、本当は詩乃ちゃんに返したい。けれど、それはもうできないことなんだって、頭で理解して諦める程度には心の余裕ができました。

私はこれから死ぬまで、誰かのおかげで生きていられるんだということを、胸に刻みながら生きていかなきゃいけないんだって、強く思いました。

私は、自分のことが一番嫌いです。誰かに支えられなきゃ生きていけない自分が。後ろ向きにしか考えられない自分が。周りに迷惑ばかりかけて、何も動き出せない自分が嫌いです。だから私の鏡のようなあなたが、正直言って嫌いでした。けれど冷静になって考えてみて、ようやく分かりました。あなたは私と似通ってはいても、全く同じような人間というわけではありませんでした。

私は、心の底で思っていることを、言葉に出して言うことができないからです。〝東雲詩乃〟という皮を被っていたから、あなたには素直に私の感じていることを伝えられていましたが、私は元来そういう人間なのです。あなたのことが正直苦手だったことも、今まで黙っていました。傷付けてしまって、本当にごめんなさい。

私とあなたが違う人間だということに気付いたのは、水族館であなたが初めて私に怒った時です。

あなたを学校に連れて行ってほしいと詩乃に言われたから手伝ったけれど、優柔不断なあなたを見て、言葉には出さなかったけれど、正直腹が立ちました。

だけどその気持ちを心の奥に押し込めて、飲み込んで、あなたに何も言わなかった。

それが私とあなたの決定的な違いなんだと思います。

本気で相手に向かうことのできるあなたと、人間関係を消極的に捉え続ける私。

私はあなたのことが羨ましいと思いました。私はいつだって本当のことを言えないし、こんな所でしか素直な気持ちを書けないのですから。

きっと、またあなたに会ったとしても、傷付けるだけだと思います。

だからこのメールで最後にすることにしました。

たくさんあなたに迷惑をかけて、すみませんでした……】

雛鶴からのメールは、そこで終わっていた。だけどここで終わらせたくなかった僕は、帰り際に乃々から聞いた雛鶴の番号に電話を掛けていた。数度のコールの後、その電話は無事につながる。

とてもか細い声で『もしもし……』と、雛鶴の声が聞こえてきた。

僕は一番初めに、一番伝えたかったことを彼女に伝えた。

「僕は、君の気持ちを聞いて傷付いたなんて思ってない。本当のことを話してくれて、嬉しかったって思ってる。だから気にしないでって言う方が無理だと思うけど、できるだけ気に病まないでほしい」

偽ることのない自分の本音を伝えると、しばらくの無言の後に雛鶴は言った。

『……私に、優しくしないで』

「優しくしたつもりなんてないよ。本当のことを言っただけだから。君のことを、嫌いにもなってない」

『どうして嫌いにならないの……？』

「君の好きな所の方が、もっとたくさんあるから」

例えば雛鶴に言われたことに僕が傷付いていたとしても、そんなことで嫌いにはならない。人にはいろんな面があるから。完璧な人なんていないから。それに嫌いな面も含めて、僕はきっと彼女のことが好きなのだ。自分のことを見つめ続けている彼女のことが。

「きっと、ゆっくり自分のことを好きになっていけばいいんだと思う」

『自分のことを好きになんて、なれないよ……』

「今度は、僕が手伝うから。君がこれからも生きていくための手伝いをする。落ち込んでいたら励ますし、間違っているなら間違っていると言う。僕のことを傷付けてもいい。それぐらいの覚悟、僕にはもうできてるから」

それで本当のことを言ってくれるなら、その方がずっといい。

『……じゃあ告白の返事、今してもいい？』

その言葉に、僕の心臓が大きく跳ねた。答えを聞く覚悟と準備だけはできていなかったけれど、もう逃げないと誓った僕は「いいよ」と返した。彼女はそれから、永遠とも呼べるような空白の時間を作ってから、か細い泣きそうな声であの日の答えをくれた。

『……ごめんなさい』

「そっか……」

『今そういうことを考える余裕が、本当にないの……それに恋についても、よく分からなくて……あなたのことを、友達として見てるのかも分からないから……』

ハッキリとそう言われ、やっぱり僕の胸は何かに捕らわれるように苦しかったけれど、それでもちゃんと彼女の口からその言葉を聞けて嬉しかった。今までみたいに逃げたりせずに、本当の気持ちを伝えてくれたのだから。

『……それでも、あなたは私の手伝いをしてくれるの？』

「そんなの、答えを聞く前から決まってる」

そう言って、今度は間違えたりしないように、電話の向こうにいる雛鶴に向けて、僕は答えを返した。

「君のことが好きだから、僕は君の手伝いをする」

『大切な時間を、たくさん犠牲(ぎせい)にするかもしれないんだよ……？』

「君のためなら、それでもいい」

『きっと、十八年かけて育ってきた私の内面だから、そんな簡単によくはならないと思う……それでもいいの？』

「それなら、十八年かけて前向きになっていけばいい。それに後ろ向きでも、前を向いて歩いていければ、それで充分だと思う。僕は雛鶴のペースに合わせるよ」

初めは、振られてしまったらもう、そこでおしまいだと思っていた。けれど僕は雛鶴の内面を好きになったから。振られたからって、恋人の肩書きがなくたって関係ない。彼女が笑っていられれば、僕はそれだけで幸せなんだ。

『……朝陽くん』

「どうしたの？」

『とりあえず冬が明けたら、またもう一年頑張ってみる……正直学校を卒業することに意味なんて見出せてないけど、全部無駄にしかならないかもしれないけれど……それでも詩乃ちゃんがつないでくれた命だから……』

そんな雛鶴の前向きで後ろ向きな言葉を聞いて、僕は東雲と多岐川先生から教わった言葉を思い出していた。

考え方次第で、世界は変わる。

それがこの理不尽で苦しい世の中を生きていくための、魔法の言葉なのだろう。

「それなら、自分が選んだ道を、正解に変える努力をすればいいんだと思う。そうすれば、後悔なんてなくなるから。残りの一年をかけて、正解を見つけていこう」

『……私にできるかな？』

「きっとできるよ」

それは雛鶴だけではなく、きっと誰にでもできることなのだ。無意味な時間なんて、ただの一秒も存在しないのだから。僕らはみんな、意味のある時間を生きている。辛いこともあるだろうけれど、最後に笑顔でいられればそれでいいのだ。

『……私、頑張る』

とても小さな、今にも泣きだしてしまいそうな彼女のその声は、自分を変えたいという確かな響きを持っていた。

そうして彼女の人生で一番大切な、僕にとっても分岐点となる一年が始まろうとしていた。

エピローグ

三月、春。

僕は高校を無事に卒業し、晴れて浪人生という肩書を背負うことになった。

結局、三年間高校に通って、卒業おめでとうと言ってくれるような友達も、これからご飯を食べに行こうぜと誘ってくれるような友達もできなかったけれど、去り際に多岐川先生から「たまには学校に顔を出してよね」という言葉を貰って、幾分か救われたような気がした。そうして一人で家に帰っている時、雛鶴からのメールが届く。

【卒業、おめでとうございます。私も、もう一年頑張ります】

そんな雛鶴からのメールを見て、それだけで高校を卒業したことの意味が、ようやく見つけられた気がした。雛鶴と東雲のおかげで、卒業することができたのだから。

背負っていたふたり分の思いを、ようやく下ろすことができた。ふたりの優しさが、報われた瞬間でもあったから。それは勝手な妄想(もうそう)なのかもしれないけれど、どこかで東雲が微笑んでくれているような気がした。

四月。

本格的に受験勉強を始めた僕の元へ、雛鶴からのメールが届いた。

【始業式が終わりました。
当然だけど、周りの人が全員私より一つ年下だということに、変な緊張感を覚えます。ジロジロこちらを見てくる人もいましたが、気にしないように頑張りました】
僕は頑張ろうと努力する彼女に向けて、メールでエールを送った。留年して学校へ通うことは大変だけれど、頑張ってほしい。三年間、病気で苦しみながらも学校に通い続けたのだから。僕はその努力が報われてほしいと思った。

六月。

僕は志望する大学を決めた。地元の、偏差値の高い国立の大学。もしかするとこの一年の間にやりたいことができて、志望校を変えるかもしれなかったが、とりあえずはそこに決めた。その大学へ行けば、いろいろなことを学ぶことができるから。夢がないなら、大学へ進学した後の選択肢はなるべく多い方がいい。そう思って、僕はこの大学を志望することにした。正直、目指すこと自体が無謀だと言えるほど、今の僕の学力は足りていない。文字通り、血の滲むような努力をしなければいけないが、それでも頑張ろうと、前向きな気持ちで挑むことができた。

そんなことを報告しようとした頃、また雛鶴からメールが届いた。

【今年初めて、学校を休みました。朝起きて、体調は万全だったけれど、なぜだかやる気が湧いてこなくて、気付けば二限目が終了している時間でした。

けれどお昼休みの時間の時、すごく後悔しました。頑張るって決めたのに、どうして私はここにいるんだろうって……。

明日からは、また頑張ります】

周りが自分より年下の人間しかいなくて、とても肩身の狭い思いをしているはずなのに、ここまで休まずに登校できたことを、僕はまず最初に褒めるべきだと思った。たった一度の失敗で、そこまで落ち込むことなんてない。そんな内容を、僕は雛鶴に送った。返事は返ってこなかったけれど、翌日乃々からとある報告が届いた。

【昨日は落ち込んでて学校を休んでましたけど、今日はいつも通りに一緒に登校しました。きっと朝陽さんのおかげだと思うので、お礼を言っておきます。ありがとうございます】

そんな報せが嬉しくて、僕はまた勉強を頑張ろうと思った。

十月。

センター試験の願書を提出した。志望校は結局あれから変わることがなく、地元の国立大学を受けるための勉強を続けてきた。未来なんて全く分からなくて、受かるかどうかも分からないけれど、残りの数か月をただひたすらに頑張ろうと思った。

そうして僕に焦りが見え始めた頃に、雛鶴からまたメールが届いた。

【お久しぶりです、朝陽くん。今日、初めてクラスメイトの女の子から声をかけられました。休み時間のことです。やることもなくて、漫画のキャラをプリントの裏に落書きしていたら、上手ですねと褒められました。

正直うまく書けていたかは分かりませんが……その子も同じ漫画を読んでるみたいで、すぐに意気投合しました。明日はおすすめの漫画を貸し合うので、ちょっと学校が楽しみです。こんな風に思えたのは初めてのことで、私もちょっと驚いています】

雛鶴は魅力的な人だから、きっとその話しかけてくれた女の子と、これからも仲良くやっていけるだろう。そんな彼女の報告が、僕は自分のことのように嬉しかった。それからも雛鶴はその女の子と一緒に遊んで、放課後にドーナツを食べに行ったりしているようだった。メールの文面からは楽しいという感情が溢れ出ていて、僕もより一層勉強に励むことができた。

そうして年が明けて、一月。センター試験を万全の状態で受け、手ごたえを感じていた僕の元へ、雛鶴からメールが届いた。それは珍しく、たったの一文しかなかったけれど、彼女の不安の色が強く伝わってきた。

【私は、絵がうまいのでしょうか？】

僕は迷うことなく【上手だよ】と返す。するとすぐに雛鶴から、メールの返信が来た。

【最近、お友達から絵を描いてとせがまれることが多くて、恥ずかしいけど仕方なく描いてました。どんな絵でも、その子はうまいと言ってくれて、最初は素直に受け取っていたけれど、だんだんと自信がなくなってきたんです。

お世辞で言ってるんじゃないかって、そう思ってしまって……朝陽くんは、本当に私の絵が上手だと思いますか……？】

僕は彼女の描いた絵を、水族館の時の一枚しか見たことがない。そんな僕が、上手だと軽々しく言ってもいいのか迷ったけれど、そんな迷いはすぐに捨てて、あの時感じた言葉を素直に伝えることにした。きっとこの感情に余計な装飾品はいらなくて、ただありのままを言葉にすればいいのだろう。

「僕は、君の絵が好きだよ」

そのメールを送った数秒後に、雛鶴から電話が来た。通話口からは、とても自信のない彼女の声が聞こえてきた。

『私、イラストレーターを目指してみたいの……』

そんな雛鶴の言葉が、僕は涙が出そうなほど嬉しかった。だってこの瞬間に、彼女が頑張って高校に通った意味を見出すことができたのだから。決して無駄なことじゃなかった。彼女は初めて自分の意思で、未来のことを語った。それを応援しないという選択肢なんて、初めからあるわけがなかった。

「応援するよ」

『でもまだ、具体的に何をするかも決まってなくて……』

「それでも、夢ができたことは喜ばしいことだと思う。これからは少しずつそれを広げていこうよ」

真っ先に僕に報告してくれたことが、嬉しかった。久しぶりに雛鶴の声を聞いた僕は、自分が報告したかったことなんて全て忘れて、他愛もない会話に花を咲かせた。

雛鶴の学校であった、友達との楽しいエピソード。最近食べた、コンビニスイーツの話。そうしてまた、雛鶴の夢の話に戻ってきて、恥ずかしがりながらだけど、少しずつ今自分の考えていることを話してくれた。

『最近、本屋に立ち寄ることが多くて。特に何かを買ったりすることは少ないんだけど、平積みされてる小説の表紙を見てると、なんかいいなって思うようになったの。小説家さんが書いた空想の世界に、イラストレーターさんが絵を描くことが。小説って、すごいと思う。文字だけなのに、頭の中に映像が浮かんできて。私に物語を書くことはできないけれど、頭の中に浮かび上がってきた、目には見えないその世界を描くことはできるんじゃないかって、そう思ったの。難しいことだって分かるけど、挑戦してみたい』

雛鶴の言葉の一つ一つに、ちゃんと意思がこもっていて、やる気に満ち溢れているのが伝わってきた。

雛鶴がそんな夢を抱けたのは、とても長い入院生活で退屈をして絵を描くようになったから。学校に通い続けることで、友達ができたから。きっとそんな退屈な時間がなければ、雛鶴は今のように絵を描いてはいなかったかもしれないし、学校へ通って友達ができなければ、自分の絵の才能に気付かないままだったかもしれない。

かもしれない、ということばかりだけれど、きっかけなんてそんな些細なことばかりなのだろう。それにその道が正解だったと思えるならば、何でもいいのだ。

センター試験が終わっても勉強の手は緩めることなく、けれど雛鶴の夢を応援したかった僕は、ネットでイラストレーターについて調べてみた。どうやらＳＮＳに自分の描いた絵を投稿してデビューする人も多いらしく、早速それを彼女に伝えてみた。

雛鶴は自分の絵が不特定多数の人間に見られるということが、今はまだ恥ずかしいみたいだった。しかし、いろんな人に彼女の絵を見てもらいたいという感情が勝ったから、何度もお願いして折れさせることに成功した。そうしてインターネットの海に上がった雛鶴の絵を久しぶりに見て、僕はやっぱり彼女の絵が好きだと思った。もしも叶うならば、彼女の夢のその先も見たい。それはきっと、とても難しいことだと思うけれど、雛鶴ならばその先に行けるような、そんな気がしたのだ。

第一志望の国立大学に、僕は無事合格した。雛鶴も卒業テストをクリアして、高校卒業を確定させた。その報せを受けた僕は、文字通り涙が出るほど喜んで、雛鶴に電話越しに引かれてしまった。けれど嬉しいものは嬉しいのだから、仕方がなかった。

雛鶴におめでとうと伝えたかった僕は、高校の卒業式の日、電車に乗って彼女の住む町へ向かった。そうして校門の前で雛鶴が出てくるのを待っていると、制服を着た生徒たちが次々と玄関から出てくる。その中に、雛鶴を見つけた。卒業証書の入った筒を大事そうに持っている彼女は、誰かを捜しているようで、その視線が僕を捉えると、まっすぐにこちらへと向かってきた。

僕は一番初めに、彼女へあらためてその言葉を贈った。

「卒業おめでとう。雛鶴」

その言葉を聞いた雛鶴は、小さく洟をする。綺麗な瞳は、今は涙で滲んでいるような気がした。

「……ありがとう、朝陽くん」

「学校を卒業して、どう思った？」

一年前、雛鶴は高校を卒業することに意味を見出せないと答えていた。けれど彼女は再び一年間、三年生を終えたことによってこの場にいる。たっぷり悩んだ雛鶴は、顔を上げて少し微笑みながら「分かんない」と答えた。

「正直、今でも卒業する意味って、あったのかなって思うよ。でも達成感はちゃんとあって、卒業証書を貰った時は思わず泣きそうだった」

「その気持ちで、充分なんじゃないかな」

「ううん。きっと、それだけが正解じゃないんだと思う」

そう言って雛鶴は後ろを振り返り、四年間通い続けた高校の校舎を眺めた。

「私は結局、いろいろなことを中途半端にして卒業しちゃったから。進学だって、就職だって決めてない。少し、やりたいことを見つけられただけ。本当は達成感なんて、感じちゃったら恥ずかしいんだと思う。だって周りの人は、みんな必死に頑張って進学したり、就職したりしてるから。病気を患ってたから比べることじゃないし、私は私だけど、だからこそやっぱり気にしちゃうの」

しかしそんな後ろ向きな発言をした雛鶴は、もう一度こちらを振り向くと、先ほどよりも明るい笑顔を見せた。

「でも、それでいいかなって思う。私にとって、最善は尽くしたから。結局何もかも中途半端だったけれど、卒業することはできたんだから。高校を卒業した意味を見つけるのは、今からゆっくり探していっても、遅くはないんだと思う」

「そっか」

「それよりさ、お腹空いたからドーナツ食べに行こうよ。私、シュガードーナツが食べたい」

いつの間にか、いつも通りの雛鶴に戻っていることに気付いた僕は、知らず知らずのうちに口元が緩んでいた。そうして再び歩き出そうとした時に、ふと何かを思い出したのか雛鶴が立ち止まる。そちらを振り向くと、彼女はいたずらを仕掛けた子供のような笑みを浮かべた。

「私、ちょっとだけ変わった所があるんだけど、どこだと思う？」

「えっ、どこ？」

「当ててみて」

そうは言っても雛鶴のどこを見ても、あの夏休みとあまり変わっていない。ロングヘアを肩のあたりまでバッサリと短くしていたことには驚いたけれど、きっと髪型のことを言っているのではないのだろう。そうやって返事に困っていると、雛鶴は僕のことを白けた目で見てくる。

「私のこと好きだって言ったのに、気付かないんだね」

「えっ、いやちょっと待って。もう一回真剣に考えるから」

「もう遅い、時間切れ。時間は有限じゃないんだよ」

それを言うなら無限だろと思ったが、そんな天然な間違いをしたのが、どこかの誰かに似ていて、懐かしいなと思い笑みをこぼした。雛鶴は僕に一歩近寄ってきて、顔を突き出してくる。そんな突然の行動に一瞬思考が停止したけれど、その意図が分かった僕は割とすぐに冷静になった。

「ほら、ここ」

そう言って雛鶴が指を差したのは、自分の目元。そこに一瞬小さなほくろがあるように錯覚したが、何も混じりけのない彼女の綺麗な肌に、ほくろはなかった。それから雛鶴の瞳をまっすぐ見つめてみると、彼女は一度だけ大きく瞬きをした。そうして、ようやく僕は彼女の変化に気付く。

「もしかして、コンタクトレンズでも入れたの？」

「あたり。よく分かったね」

「いやいや、普通コンタクトレンズ入れてたなんて、初見じゃ気付かないから……」

「そっかぁ。朝陽くんなら気付いてくれると思ったんだけどなぁ」

そうやってからかわれて、なんだか負けたような気分になった僕は、雛鶴に言い返すための言葉を考える。そうして思いついたのは、いつかまた彼女に言おうと思っていた言葉だった。

「雛鶴」

彼女の名前を呼ぶ。雛鶴は「どうしたの？」と言ってこちらを見る。僕は、心の奥に秘めていた目には見えない大切な気持ちを、彼女に伝えた。

「僕は、雛鶴の余裕ができるまで待つから。それまでの間、自分が変わるための努力もする。だから君に余裕ができて、もし僕と付き合ってもいいなって思える時が来たら、その時は正直に言ってほしいんだ」

「はあ？」

顔を赤くしながら、雛鶴は明らかに戸惑っているような声を出す。僕はそんな彼女の姿に、やっぱり笑った。

「……余裕できるの、何年先になるか分かんないよ。ずっと、このままかも」

「それなら、このままでいい」

「朝陽くんの人生において、私を追いかけることは多大なる損失になると思う」

「そんなことない」

ハッキリと言い切った僕に、雛鶴は気圧（けお）される。思っていることも言えないでこのままの状態が続くのも嫌だったから、言えてよかったなと思った。

そうしてしばらくの間顔を赤くさせて俯いた雛鶴は、結局ごまかすように笑顔を見せて「オールドファッションも食べたくなった」と言った。彼女らしいなと思った僕は、自分たちのペースでこの関係を育んでいこうと心に誓う。そうしてゆっくり歩いていくのが、僕らの理想の生き方なんだから。

それから雛鶴は、左手の人差し指と親指で輪っかを作り、その隙間を左目でのぞきこむ。

「知ってた？　ドーナツの穴にはね、目には見えないけど、大切なものがたくさん詰まってるんだよ」

そう言って、雛鶴は幸せに満ちた表情で微笑んだ。

＊＊＊

「僕、麻倉朝陽。君の名前、何て言うの？」

暗闇のどこかから、聞いたことのない男の子の声が聞こえてきた。

私はそんな男の子の声に、何も反応しない。目が見えないと知ったら、彼は怖がるかもしれないから。だからずっと黙ったままでいた。

彼はしつこく私に話しかけてくる。聞こえないふりをしても、私に話しかけてくる。

「あの星座、オリオン座って言うんだって。さっきお母さんに教えてもらったんだ」

「……そうなんだ」

そう言って彼はきっと、上を指差しているのだろう。

けれど私は上を見上げても、何も見えないことに変わりはない。何も見えないのだから当然だ。空がどんな色をしているのかも知らない。星座というのも、見たことがないから私には分からない。

「あっ、今流れ星が流れたよ」

「……見えなかった」

少し怒ったように、私は呟く。私の目は、一生見えることがない。光というものが、差すことはない。だから流れ星が見える彼のことが、私は羨ましいと思った。あと少しだけ目が見えていれば、何かが変わったのかもしれないのに。

きっと素っ気ない態度を取ってしまった。それなのに、彼は私の側から離れなかった。すぐ近くに、未だ彼の気配を感じる。麻倉朝陽は、それから私に言った。

「さっきお母さんに絵本を読んでもらったんだよ」

それがいったい、どうしたというのだろう。私には、関係のないことだ。けれど彼は続ける。一番大切なものの正体が分かったと。

それから彼は言った。この世界の秘密を。

「きっと、いちばん大切なものは、目には見えないんだよ。だから、流れ星が見えなかったんだと思う。見えないからって、落ち込まなくていいんだよ」

とても、簡単なことだった。

考え方次第で、世界は変わる。いちばん大切なものは、目には見えない。

彼のその言葉で、何も見えなかった私の世界が、瞬時に色づいていくのが分かった。

そうしてあらためて日菜子ちゃんの瞳から見た世界は、こんなにも美しかったんだということを知った。こんなにも美しい世界で、私はまたあなたに出会えた。

そんな小さな奇跡だけで、充分だった――

Fin

あとがき

先日見たドラマのセリフに、こんなものがありました。「この世で人の羨むような生活ができるのは、たったの六パーセントだけ。百人のうち、六人しか幸せになれず、残りの九十四パーセントは、毎日毎日不平不満を言いながら暮らすしかない」という言葉です。しかしながら、勉強をして、良い大学に入って、福利厚生のしっかりした給料の高い会社に就職することだけが、本当の幸せではないとドラマを見ていて自分は思いました。私の勤めている会社は、給料は低いですが職場の人間関係が良好で、いつも支え合いながら仕事をしています。困ったときには何でも相談ができて、喧嘩をしたりすることもありますが、仮にどこかへ転職をしたとしても、これ以上の人間関係は望めないなと思っています。そんな、自分が大切だと思える人と過ごすことが、私にとっての幸せです。きっと幸せの形は十人十色で、ドラマでもそんな答えが示されていました。

たくさん勉強をしてどうしたいのか。良い大学に入って何をしたいのか。良い職場に入ることが幸せなことなのか。たとえ福利厚生がしっかりしていて、生活面で何一つ不自由が無かったとしても、それが本当にやりたいことじゃなければ、きっと私は幸せを感じられないです。だから自分の心を見つめることは、とても大切なことなんだと思います。

この本の発売する時期は、別れの季節でもあり、出会いの季節でもあります。通っていた学校を卒業する人。新しい学校へ進学する人。社会へ出て働き始める人。学年が一つ上がって、不安に感じる人もいるかもしれません。そんな悩みを抱える人に寄り添いたくて、私はこの物語を書きました。

本気で何かに悩んでいる人にとっては、こんなに単純に物事を解決できるわけがないと、私自身痛く理解しています。いろんな事情があって、いろんな環境があって、どうしようもない悩みを抱えている人はたくさんいます。綺麗事だけを並べても、無意味だということは分かっています。それでも悩みを抱えている多くの人に、私は少しでも幸せが訪れてほしいです。この本を読んでくださった方の視界が、少しでも開けてくれれば、私はそれだけで幸せです。

二〇二〇年二月　小鳥居ほたる

この物語はフィクションです。実在の人物、団体等とは一切関係がありません。

小鳥居ほたる先生へのファンレターのあて先
〒104-0031　東京都中央区京橋1-3-1　八重洲口大栄ビル7F
スターツ出版（株）書籍編集部 気付
小鳥居ほたる先生

こんなにも美しい世界で、
また君に出会えたということ。

2020年2月28日　初版第1刷発行

著　者　小鳥居ほたる

発行人　菊地修一
デザイン　カバー　徳重 甫＋ベイブリッジ・スタジオ
　　　　　フォーマット　西村弘美
発行所　スターツ出版株式会社
　　　　〒104-0031
　　　　東京都中央区京橋1-3-1　八重洲口大栄ビル7F
　　　　出版マーケティンググループ　TEL 03-6202-0386
　　　　（ご注文等に関するお問い合わせ）
　　　　URL　https://starts-pub.jp/
印刷所　大日本印刷株式会社

Printed in Japan

ISBN　978-4-8137-0852-0　C0193

この1冊が、わたしを変える。

スターツ出版文庫　好評発売中！！

記憶喪失の君と、君だけを忘れてしまった僕。

小鳥居（ことりい）ほたる／著

定価：本体660円＋税

ラストは絶対号泣！

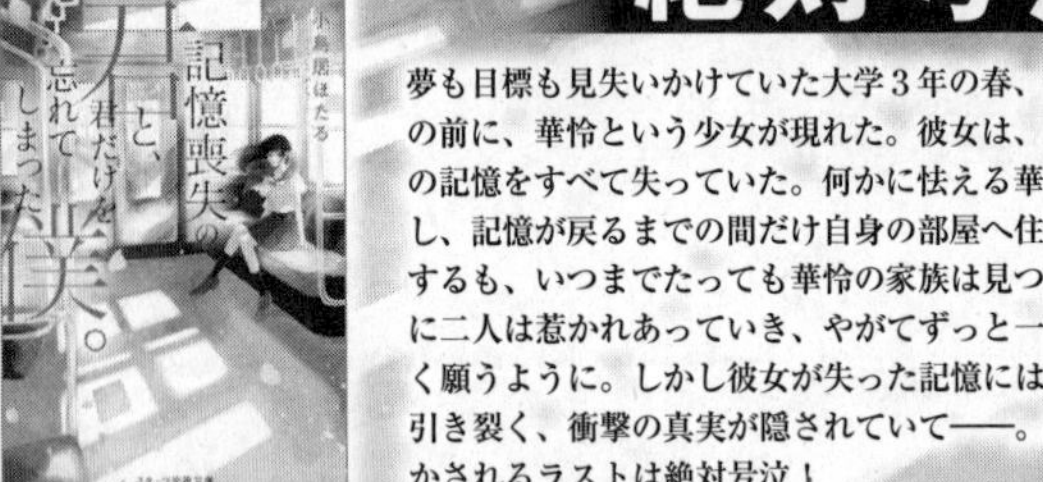

夢も目標も見失いかけていた大学３年の春、僕・小鳥遊公生の前に、華怜という少女が現れた。彼女は、自分の名前以外の記憶をすべて失っていた。何かに怯える華怜のことを心配し、記憶が戻るまでの間だけ自身の部屋へ住まわせることにするも、いつまでたっても華怜の家族は見つからない。次第に二人は惹かれあっていき、やがてずっと一緒にいたいと強く願うように。しかし彼女が失った記憶には、二人の関係を引き裂く、衝撃の真実が隠されていて──。全ての秘密が明かされるラストは絶対号泣！

イラスト／長乃

ISBN978-4-8137-0486-7

スターツ出版文庫　好評発売中!!

『こころ食堂のおもいで御飯～あったかお鍋は幸せの味～』栗栖ひよ子・著

結が『こころ食堂』で働き始めてはや半年。“おまかせ”の裏メニューにも慣れてきた頃、まごころ通りのみんなに感謝を込めて“芋煮会”が開催される。新しく開店したケーキ屋の店主・四葉が仲間入りし、さらに賑やかになった商店街。食堂には本日もワケありのお客様がやってくる。給食を食べない転校生に、想いがすれ違う親子、そしてついにミャオちゃんの秘密も明らかに…⁉　年越しにバレンタインと、結と一心の距離にも徐々に変化が訪れて…。

ISBN978-4-8137-0834-6 ／ 定価：本体630円＋税

『一瞬を生きる君を、僕は永遠に忘れない。』冬野夜空・著

「君を、私の専属カメラマンに任命します！」クラスの人気者・香織の一言で、輝彦の穏やかな日常は終わりを告げた。突如始まった撮影生活は、自由奔放な香織に振り回されっぱなし。しかしある時、彼女が明るい笑顔の裏で、重い病と闘っていると知り…。「僕は、本当の君を撮りたい」輝彦はある決意を胸に、香織を撮り続ける――。苦しくて、切なくて、でも人生で一番輝いていた２カ月間。２人の想いが胸を締め付ける、究極の純愛ストーリー！

ISBN978-4-8137-0831-5 ／ 定価：本体610円＋税

『八月、ぼくらの後悔にさよならを』小谷杏子・著

「もしかして視えてる？」――孤独でやる気のない高２の真彩。過去の事故がきっかけで幽霊が見えるようになってしまった。そんな彼女が出会った“幽霊くん”ことサトル。まるで生きているように元気な彼に「死んだ理由を探してもらいたいんだ」と頼まれる。記憶を失い成仏できないサトルに振り回されるうち、ふたりの過去に隠された“ある秘密”が明らかになり…。彼らが辿る運命に一気読み必至！「第４回スターツ出版文庫大賞」優秀賞受賞作。

ISBN978-4-8137-0832-2 ／ 定価：本体600円＋税

『その終末に君はいない。』天沢夏月・著

高２の夏、親友の和佳と共に交通事故に遭った伊織。病院で目覚めるも、なぜか体は和佳の姿。事故直前で入れ替わり、伊織は和佳として助かり、和佳の姿になった伊織は死んでいた……。混乱の中で始まった伊織の、“和佳”としての生活。密かに憧れを抱いていた和佳の体、片想いしていた和佳の恋人の秀を手に入れ、和佳として生きるのも悪くない――そう思い始めた矢先、入れ替わりを見抜いたある人物が現れ、その希望はうち砕かれる……。ふたりの魂が入れ替わった意味とは？　真実を知った伊織は生きるか否かの選択を迫られ――。

ISBN978-4-8137-0833-9 ／ 定価：本体630円＋税

スターツ出版文庫　好評発売中!!

『かりそめ夫婦はじめました』　菊川あすか・著

彼氏ナシ職ナシのお疲れ女子・衣都。定職につけず、唯一の肉親・祖父には「結婚して安心させてくれ」と言われる日々。ある日、お客様の“ご縁”を結ぶ不思議な喫茶店で、癒し系のイケメン店主・響介に出会う。三十歳までに結婚しないと縁結びの力を失ってしまう彼と、崖っぷちの衣都。気づけば「結婚しませんか!?」と衣都から逆プロポーズ！　利害の一致で“かりそめ夫婦”になったふたりだが、お客様のご縁を結ぶうち、少しずつ互いを意識するようになって…。

ISBN978-4-8137-0803-2 ／ 定価：本体600円＋税

『明日の君が、きっと泣くから。』　葦永 青・著

「あなたが死ぬ日付は、７日後です」
――突如現れた死神に余命宣告された渚。自暴自棄になり自殺を図るが同級生の女子・帆波に止められる。不愛想で凛とした彼女は、渚が想いを寄せる“笑わない幼馴染”。昔はよく笑っていたが、いつしか笑顔が消えてしまったのだ。「最後にあいつの笑った顔が見たい…」帆波に笑顔を取り戻すべく、渚は残りの時間を生きることを決意して…。刻一刻と迫る渚の命の期日。迎えた最終日、ふたりに訪れる奇跡の結末とは……!?

ISBN978-4-8137-0804-9 ／ 定価：本体610円＋税

『天国までの49日間～アナザーストーリー～』　櫻井千姫・著

高二の芹澤心菜は、東高のボス、不良で名高い及川聖と付き合っていた。ある日一緒にいたふたりは覆面の男に襲われ、聖だけが命を落としてしまう。死後の世界で聖の前に現れたのは、天国に行くか地獄に行くか、49日の間に自分で決めるようにと告げる天使だった。自分を殺した犯人を突き止めるため、幽霊の姿で現世に戻る聖。一方、聖を失った心菜も、榊という少年と共に犯人を探し始めるが――。聖の死の真相に驚愕、ふたりが迎える感動のラストに落涙必至！

ISBN978-4-8137-0806-3 ／ 定価：本体660円＋税

『あやかし宿の幸せご飯～もふもふの旦那さまに嫁入りします～』　朝比奈希夜・著

唯一の身内だった祖母を亡くし、天涯孤独となった高校生の彩葉。残されたのは祖母が営んでいた小料理屋だけ。そんなある日、謎のあやかしに襲われたところを、白蓮と名乗るひとりの美しい男に助けられる。彼は九尾の妖狐――幽世の頂点に立つあやかしで、彩葉の前世の夫だった!?「俺の嫁になれ。そうすれば守ってやる」――。突然の求婚に戸惑いながらも、白蓮の営むあやかしの宿で暮らすことになる彩葉。得意の料理であやかしたちの心を癒していくが…。

ISBN978-4-8137-0807-0 ／ 定価：本体600円＋税

書店店頭にご希望の本がない場合は、書店にてご注文いただけます。